河出文庫

僕はロボットごしの君に恋をする

山田悠介

河出書房新社

目次

僕はロボットごしの君に恋をする

プロローグ

けたたましい警報音が閑静《かんせい》な住宅街を切り裂いていった。

赤色灯が後ろからいくつも続いていく。周辺の静けさに似つかわしくないスピードでやってきたパトカーの先には多くの人が集まっていた。

すでに到着していた制服警察官が黄色いテープを道路にめぐらせている。やじ馬たちは携帯電話を頭上にかざして動画を撮影していたが、新たに加勢してきた警察官に押し戻されていた。

誰もが見つめる先には十階建てのマンションが建っている。その最上階の一室から大きな炎が上がっていた。モウモウと立ち込めた真っ黒な煙が強風になびいて雲一つない青空に吸い込まれていく。平日の午後にもかかわらず、辺りは消防隊員や警察官、やじ馬の怒声に包まれていた。

前の現場から少し遅れて到着した消防隊長が消火栓の場所を確認するよう部下に叫ぶ。先端を肩に巻きつけて消防車からホースを伸ばしている隊員が駆け寄ると、正面右手の駐輪場と裏手ゴミ集積所の脇にあることを報告した。隊長の放水命令で隊員八名がダッシュで散開する。

隊長はそのうちの一人を摑《つか》まえて梯子《はしご》車の到着状況を確認した。

現場からもっとも近い消防署は非番と待機署員含めて十二名の小所帯だ。大きな消防署の補助的な役割が多く、中高層ビル用の梯子放水車は装備されていない。通報を受けた直後に隊長は市役所そばにある地域中核の消防署へ応援を要請していた。が、見回したところまだその姿はない。

呼び止められた隊員が大きく横に首を振った。こっちに急行しているはずだが、午前中に発生した駅前のボヤ騒ぎの影響で遅れているという。

通常の放水車で地上からでは十階まで放水することはできない。梯子車が来るまでは応急措置に徹するしかないだろう。隊長は隣接する建物への延焼の防止と住民の救出・誘導を指示した。

ところが梯子車の状況を報告した隊員が深刻な表情で立ち尽くす。問いただすと、梯子車が到着したところでここの狭い路地には入れないかもしれないと漏《も》らした。

確かにマンションは幹線道路から大きく外れた住宅密集地に建っている。路地は狭く周辺には空地もない。

もし梯子車が使えなければ一棟全焼の可能性もある。空気は乾燥していて風も強い。火の手が回るのも早いだろう。

隊長は慌てて救出状況を確認した。すると九階以下の住民はすべて避難したものの、火災現場のフロアの一番奥にある一〇二一号室に子どもが取り残されているかもしれないという。

その報告に隊長は大きく舌打ちをした。

火の勢いは激しい。密閉された室内では一酸化炭素が充満していく。その状況で熱によってガラスが割れれば、一気に流入した酸素によって爆発してしまう。爆発が起これば大惨事は免《まぬが》れないだろう。状況から判断して残された時間は十分もないが、それまでマンションに近づけるかも定かでない梯子車の到着を待てそうもなかった。

隊長が救出方法を考えあぐねていると、叫び声が聞こえてきた。

「こら、君待ちなさい！」

顔を上げると警察官が男を追いかけながら怒鳴っている。男は警察官の制止を振り切って規制線の中に入ると、マンションのエントランスに向けて猛ダッシュしてきた。歳は二十代半ばだろうか。中肉で百八十センチくらいの身長。カジュアルな服装は学生っぽい。やや長い髪の下には緊迫した周囲とは対照的に落ち着いた表情が見える。顔を紅潮させることもなく走っていた。

隊長は目の前にやってきた青年の前に立ちはだかり、腕を広げた。

「ここの住人ですか？　気持ちは分かるが下がって。我々に任せなさい」

「助けに行かせてください」

　青年がボソリとつぶやき、横をすり抜けようとする。隊長は慌てて彼の腕を摑んだ。追いかけてきた警察官も周りを囲む。

「十階に取り残された人を助けに行く。どいてください」

「何言ってんだ。一般人にそんなことはさせられない」

「私は大丈夫。任せてください」

　青年はそう言うと、驚くほどの力で隊長の手を振りほどいた。あまりの力に隊長は思わずアスファルトに尻もちをつく。隊長は四十代後半だが、日々の訓練のたまものでまだまだ腕っぷしでは二十代の隊員にも引けをとらない。しかし青年の腕力ははるかにそれを凌《しの》いでいた。

「君ッ！」

　隊長や警察官が止めるのも聞かずに青年はそばにいた隊員が腰から下げていた防煙マスクを奪うと、あっという間にマンションのエントランスに消えてゆく。隊長は仕方なくマスクを被って彼のあとを追った。

　火災でエレベーターは停止しているため十階までは階段で上がるしかない。隊長は重い装備を背負っているのでどうしても時間がかかってしまう。マスクで視界も悪く何度か階段を踏み外した。

九階までやってくると煙は思った以上に深刻だった。

マンションは内廊下のため煙が外に逃げていかず立ち込めている。姿勢を低くして階段を上がるものの視界はほとんど利《き》かない。こんな中を素人が進めるはずがなかった。火事でもっとも怖いのは火ではなく煙だ。一酸化炭素を吸い込めば一瞬で意識を失い、そのまま命を落としてしまうこともある。青年は取り残された子どもの親族なのかもしれないがあまりに無謀すぎる。

そう思った直後にガタンッと大きな音がした。

ようやく十階の内廊下にたどり着いた隊長が匍匐《ほふく》前進しながら目を凝らすと、煙の中から青年が姿勢を低くして歩いてきた。腕には防煙マスクを被せた子どもを抱えている。

隊長のところまでやってくると素早く腕を摑んで彼は言った。

「もうここには誰もいない。早く逃げましょう」

次の瞬間、青年の背後で重低音が轟《とどろ》く。隊長が振り返ると、一〇二一号室が爆発を起こして廊下にまで大きな炎が噴き出ていた。巨大生物が天井を舐《な》めているようだ。

青年は冷静に隊長を促して階段を下りる。これではどちらがプロか分からない。青年が「もう大丈夫だよ」と子どもに話しかけているとき、隊長は気づいた。

隊員から奪った防煙マスクは子どもに被せており青年は何も被っていない。防火服を着ることもなく丸腰で、燃え盛る現場に入っていったのだ。顔も服も煤《すす》だらけで怪《け》我《が》の程度は分からなかったが、長めの髪はチリチリになっている。しかし煙に咳き込む様子はない。

ようやくエントランスを抜けて外に出ると青年は子どもを隊長に託した。隊長は救急車に走り応急処置を頼む。子どもは煙を吸って苦しそうだったが意識ははっきりしている。胸を撫で下ろした隊長は、青年に礼を言おうと振り返った。

ところがそこに青年の姿がない。規制線の内側は消防隊員が走り回るだけで、いつの間にか青年は消えていた。

炎はその後燃え広がり、十階と九階部分の計四十二戸を全焼させる大火事になった。予測どおり梯子車は狭い道を入ってくることができず、隊員の必死の消火活動でようやく鎮火したのは発生から七時間後のこと。しかしこれだけの火災だったにもかかわらず、奇跡的に怪我人は一人も出なかった。

プログラム 1

1

スイッチを押したとたん、大沢健《おおさわたける》の耳にゴボゴボッという音が聞こえてきた。

出力を上げるごとにそれは少しずつ大きくなってゆく。

オーディオみたいだな。

健は薄暗い部屋で様子を見守りながらそう思った。

オーディオの電源を入れ、音楽をかけずにボリュームを上げていったときのような興奮を感じる。アンプの能力が高ければ高いほど興奮は大きい。プレーヤーの再生ボタンを押したとたんスピーカーからは空気を震わせる大音響が流れるはずだ。そのポテンシャルを秘めている。でもそんなことをすれば近所からメチャメチャ怒られることが分かっているから、もちろん健はそれをしない。

それでも、やろうと思えばやれるんだという想像が健の興奮を高めた。

「出力300に到達。維持します」

白衣を着た男性スタッフが手元のパネルを触りながら記録用マイクに向かって告げる。目の前の巨大水槽はぼんやりとした黄緑色の光に包まれていた。

部屋、いや工場と呼ぶべきだろうか。体育館のように広い空間には同じような水槽が三基並んでいる。壁は一面操作スイッチや巨大なタッチパネルでびっしりと埋め尽くされていた。いま稼働しているのは工場の一番奥にあるA号水槽だ。水槽は生命体を育てる有機培養液で満たされており、その中に電極につながれた〝それ〟が浮かんでいた。

健は水槽を眺めながらその様子を見守っている。

「どれくらいかかりますか？」

沈黙に耐えかねてスタッフに訊いてみた。

「そうだな……。右脚、背中の皮膚の損傷は大したことはない。二、三時間で元どおりになるよ」

「じゃあ今日中にも復帰できますね」

「いや頭部の損傷が激しい。特に髪がほとんど全部燃えちゃってるからね。これを直すのはけっこう時間がかかるんだ。早くてもまるまる一日は欲しいね」

「そうですか……」

製造部のスタッフは調査結果を告げると、自動運転スイッチがオンになっていることを確認してから白衣を翻《ひるがえ》して去っていった。

あとはひたすら待つしかない。

工場内に人影はなく健が一人残されている。製造部スタッフではない彼にできることは何もない。ただ電極につながれたそれを見つめるしかなかった。


培養液の中に浮かんでいるのは最新鋭の人型ロボットだ。

人間そっくりに造られているため一般人はまさかロボットだとは気づかないだろう。中身はカーボンの骨格にコンピューターとモーターで駆動する「機械」だが、ボディを覆う皮膚は〝本物〟だ。人間から皮膚細胞を取り出し培養して育てたものを機械の上に移植する。すごいのは移植によって全体を覆い隠すのではなく、一部にだけ移植した皮膚を培養液の中で育てて全体に広げていくことだ。このようにすることで全体を覆い尽くした皮膚には縫い目がない。誰の目からも人間としか見えない精巧な人型ロボットを造ることに成功したのだった。

昨日火災現場で人命救助の任務に当たった際に、健は調子に乗ってロボットに無理をさせてしまった。

おかげでマンション最上階に取り残された子どもを救うことはできたが、大切なロボットを傷つけてしまった。幸い損傷は皮膚だけでボディ本体に影響はないが、それでも最新の技術を結集させたこのロボットはとてつもなく高価だ。皮膚の修復だけでも数百万円はかかるという。

どうも健はロボットに自分をだぶらせてヒーロー気分にひたる癖がある。これまで何度も同じ失敗を繰り返し、そのたびに上司から怒られてきた。今朝も出社してから課長に大目玉を喰ってしまった。ようやく始末書を書き終えたのがついさっきのこと。それで修復の様子を見にきたというわけだ。

「早く直ってくれよ三号」

健はそう言ってそばにあった椅子《いす》にどかりと座った。

『T‐3』というのがこのロボットの名前である。正式には『T‐003人型ロボット』。〝TAKERUが操作を担当する三番目のロボット〟という意味で、いつもは『三号』と呼んでいる。

試作機の一号と二号はいまは倉庫で眠っている。二十代男性型の三号がいま健が運用している最新型だった。試作機は健の言うことを正確に聞かなかったりロボットと見破られてしまったりいろんな欠点を抱えていたが、三号はいまのところ完璧だ。操作にも慣れてきたし早く現場に戻したい。

よく見れば三号の傷は気持ち、さっきより塞《ふさ》がっているように見える。でもチリチリになった髪は培養液の中でワカメのような情けない姿で揺れていた。

2

しばらく三号の様子を眺めたあと健は工場を出た。

健の部署は製造部工場とは連絡通路でつながっている隣の棟にある。三号が直るまで現場には戻れない。今日は溜まった事務仕事をやっつけよう。

首からぶら下げていたセキュリティカードを差し込んで扉を開ける。そこが健の所属する運用部だった。正式名は『ＡＩロボット技術研究所　運用部警備課』という。三年前に警察庁との合同プロジェクトが発足して『運用』がはじまったのである。

ＡＩロボットは古くは二十世紀半ばから実験が繰り返されてきた。

開発には大きく分けて二つの流れがある。二足歩行のロボットボディと頭脳にあたるＡＩの研究だ。

ロボットボディのほうは二十世紀後半から二十一世紀初頭にかけて急速に技術が進

み、滑らかで繊細な動きをする技術の開発に成功したが、問題はＡＩだった。

今年二十八歳の健が生まれるはるか前、一九六〇年代に第一次、一九八〇年代に第二次のＡＩブームがあったらしい。

世界中の研究者がしのぎを削って研究した結果、チェスで人間の世界チャンピオンに勝ったり自動で街中を運転する車が開発されたりした。ＡＩは自分で未来を予測して次の行動を選んでいったのだ。一見ＡＩは人間とそっくりに、場合によってはそれ以上になったように思えた。

ところがそれらには最大の欠点があった。

何億、何兆個にも及ぶ選択肢から目的にもっとも適った行動を瞬時に選ぶことはできる。しかも経験を積むことでその精度を上げることもできるようになった。

しかしそもそもの目的は人間がプログラミングするしかなかったのである。ゲームをしたり買い物をしたり、ひとつの目的を人間より正確に早くこなせるようにはなった。ところが何でも好きなことができる自由時間を与えられても、ＡＩは〝目的〟を作り出すことができずに静止してしまうのだ。

表面的な人間の物真似《ものまね》はできても、人間の心にあたるものを創り出すことはできなかったのである。ＡＩロボット技術研究所はそんな頃設立された。

それから半世紀近くが経ち、もうすぐ東京に三度目のオリンピックがやってくる。

しかし二〇六〇年になったいまでもその状況は変わっていなかった。

そこでAIロボット技術研究所は並行してAI研究は続けながらも、世界的な規制もあって完璧なAIロボットを創ることを棚上げして、遠隔操作型のロボット開発を行うことにしたのだ。その功績が認められて研究所を設立した初代所長はノーベル賞を受賞している。その研究を引き継ぎ、次期ノーベル賞候補の筆頭と目されているのが現在の所長だ。

進化したロボットは心は持たないまでも、目的さえ逐一《ちくいち》与えれば最適の行動を選択する。さらに研究所は表面を生体皮膚で覆うことで人間そっくりな外見にすることに成功した。会話も遠隔操作する人間がロボットを通して行うことで相手に違和感を持たれないようになっている。

ここまで進化したことから、研究所と警察庁が合同で治安維持にこのロボットを使おうと、三年前にプロジェクトが立ち上がったのだ。

東京品川の湾岸部に研究所の工場と運用部を増設し、そこに操作官を置いてロボットを遠隔操作する。政府は情報の漏洩《ろうえい》を防ぐためプロジェクトそのものを極秘とし、一般人には公表していない。東京都内限定ではあったが、街中に送り出されたロボットたちはパトロールをしつつ犯罪や事故などの解決に当たったのである。

もちろん警察の人手不足という事情もあるが、凶悪化する犯罪を解決するために堅牢で優秀なロボットたちは予想以上の活躍をしていた。

試運転から二年が経ち操作官は三十名、ロボットの合計は五百体を超えている。ロボットたちは給料を求めることも危険を恐れることもない。もちろん仕事の愚痴《ぐち》をこぼすこともない。これまで数々の事件事故を未然に防ぐ一方、ロボットだとバレることはなかった。

あと半年運用が上手くいけばいよいよ来年からは本格始動である。東京都だけでなく全国にプロジェクトを拡大できるかどうかは、健たち操作官とロボットたちの活躍にかかっていた。


「課長、三号の様子を見てきました」

まだ新しい運用部オフィスには操作官三十名のデスクが整然と並んでいる。パーティションで区切られているので一人ひとりの様子は分からない。健は縫うようにオフィス内の通路を進み、最奥の課長・辻秋成《つじあきなり》のところにやってきた。紺色のスーツは光沢があり強めのストライプが効いている。オールバックに固められた髪からは人工的な香りが半径三メートルの範囲にまで漂っていた。健は思わず顔をしかめたくなるのを必死にこらえる。

辻課長が手元の書類から顔を上げた。

「生体皮膚はあと半日で復元するそうです」

「そうか。じゃあお前はそれまで所内待機だ。別の操作官にトラブルが発生したときのバックアップ要員として定時までは所内にいろ」

「それまで何をしていればいいですか？」

「そんなことまで俺が指図しなきゃなんねえのか！」

「すいません……」

課長は心底呆《あき》れた顔で机の上のチップをつまみ上げた。

「昨日お前が急行した火災現場の消防署から警察に連絡があったそうだ。人命救助に協力してくれた若い男がどうも変な奴だった。大やけどをしてるはずだし表彰のこともあるから身元が分かりませんか、だとさ」

健の顔が硬くなる。

「皮膚が溶けてボディが見えてるのに平然としてれば気持ち悪いよな。少しは苦しむ演技でもさせて現場を離れさせろよ。警備ロボットの正体がバレたらどうすんだ。これまでの実験が水の泡だぞ。もう何年やってんだよ。少しは慣れろ」

「すいません……」

「怪しまれたからにはしょうがない。T‐3で同じ場所をパトロールするわけにはいかないから、お前は明日から隣の地区を担当しろ。この中に中央区Bブロックのデータが入ってる。今日はこれでも読んで頭に叩き込んどけ」

健は渡されたチップを持って自分の席に戻った。

それぞれのブースでは操作官が警備ロボットの操作に没頭している。ロボットが見たものが目の前のモニターに映し出され、装着したインカムの指示で動き会話もできる。事件に遭遇している操作官はいないようで、部屋全体は穏やかな雰囲気だった。ロボットの破損と一般人に怪しまれることは操作官のもっとも恐れているミスだ。すでに昨日の健の失敗はみんなに知られているようで、オフィスを歩く健への視線はどこか冷たい。

まだ外は明るいしバックアップスタッフとして出張《でば》る可能性は低いだろう。操作官は二十四時間三交代制で働いているが、今週の健は九時—十八時の日中勤務だ。定時まであと三時間、課長は所内待機と言っていたから席に座っている必要はない。食堂で資料のチェックでもしていよう。

3

健はタブレットを取ると同僚たちの視線から逃げるようにオフィスをあとにした。

運用部を出た健は所員食堂に向かって歩いていた。

半官営の研究所はまだ建てられたばかりで設備も充実している。国は減り続ける人口と労働力不足を補う手段としてAIロボットに相当賭けているようだ。

極秘施設だけに窓は少なく昼間なのに蛍光灯の青白い光が煌々《こうこう》とついている。リノリウムの廊下を歩きながらミスについてあれこれ考えていると、肩を力強く叩かれた。

「健、なにしょんぼり歩いてんだよ」

「なんだ、陽《よう》ちゃんか……」

「なんだはねえだろ。どうした？」

「うん、実はまた三号を破損させちゃってね」

あまり話したくなかったけれど、健は陽一郎《よういちろう》に昨日からの出来事を説明した。

天野《あまの》陽一郎とは小学校からの幼馴染《おさななじ》みだ。高校と大学はいったん違うところに進んだものの、卒業して勤めた先が偶然同じだった。

小さい頃からスポーツ万能で背も高くルックスもいい陽一郎はクラスの人気者だった。何をやっても冴えずチビで痩せぎすの健とは大違いだ。だけど陽一郎とはどこかウマが合い一緒に行動することが多かった。周りから見たら健が陽一郎の子分のように見えたかもしれない。でも陽一郎本人はいつも対等に接してくれた。

どんなことでも陽一郎には敵わなかったが、中でも一番違うのは頭脳だ。

健が三流大学に進学したのに対して彼は国立の名門大学理工学部に現役で合格した。そこで当時盛んだったＡＩの研究を行い、この研究所に入ったのだ。

つまり彼はエリート研究員であり、いち運用部操作官の健とは立場が違う。

「そんなことといちいち気にすんなよ。頑張ってる証拠だろ」

「陽ちゃんはそう言うけど僕の立場で上司にそんなふうに言えないよ。下手すりゃ左《さ》遷《せん》される……」

「大丈夫だって」

「それより、所内で僕とあんまり話さないほうがいいんじゃない？」

「なんでよ」

「だって研究員と操作官だよ。部署の接点がまったくないのに仲良くしてたら怪しいだろ」

「別にいいじゃん、幼馴染みなんだから」

「そうだけど、あれこれ噂する奴がいるんだよ。僕が陽ちゃんのコネで入ったとか、逆に陽ちゃんが僕の三号を改造してオモチャにしてるとかさ」

「言わせておけよ。やましいことなんて何もないんだから」

「そりゃそうだけど」

ウジウジ考え込む健に比べ、陽一郎はカラッとした性格だ。

「そんなことより、お前今度の休みいつ？」

「来週の月曜だけど」

「マジか。土日は勤務なんだ」

「うん。操作官だからね。土日は特にパトロールが忙しいんだ。どうして？」

「土曜日に妹が買い物に行きたいって言うんだよ。付き添ってもらいたかったんだけど無理だな」

「咲《さき》ちゃんが？　最近会ってないな……」

「仕方ない。俺が一緒に行くわ。ごめんな、変なこと訊いちゃって」

「ううん」

「また連絡する。ちっちゃいミスなんか気にすんなよ」

陽一郎はそう言って研究棟に走っていった。

「土曜か……」

ふと課長の不機嫌そうな顔が目に浮かぶ。

いまの健にあの課長へ有給休暇を申請する勇気はない。

「会いたかったな……」

健の頭の中からミスの記憶は消し飛んで、小さい頃から知っている陽一郎の妹・咲の顔が浮かんでいた。

4

翌日、九時の勤務開始五分前に席につくと製造部工場のスタッフから三号が直ったというメールが入っていた。

さっそく工場へ行くとすでに三号は水槽から出され、作業台の上で水洗いされていた。

「ご連絡ありがとうございます」

「おう来たな。じゃあ、あとは頼むわ」

製造部スタッフはそう言ってタオルとホースを健に渡す。三号は水槽から出したばかりらしく、培養液がまだべったりと身体についていた。ヌメヌメとしたこれをタオルでこすって洗わないといけない。

工場内は昨日と違い、新たなロボット製造の開始で慌ただしい。十人くらいの白衣姿のスタッフが張り詰めた空気の中で作業していた。

「いま綺麗にしてやるからな」

健は工場の片隅で三号を洗いながら改めて彼の身体をしげしげと眺めた。

それにしてもよくできている。

こうやって裸にしてじっくり見てもこれがロボットだとは思えない。百八十センチを超える身体には適度に筋肉がついていた。皮膚が破れて骨格が剝《む》き出しになっていた傷も綺麗になっている。端整な顔立ちで目をつぶり眠っているようだ。陰部までリアルにできていた。

洗い終えると新しいタオルで拭き、バスケットに用意された服を着せる。カーボン製とはいえ本物の人間よりもずっと重い。百五十キロにもなる身体に苦労して服を着せた。白のポロシャツにベージュのチノパン。足元はスニーカーといたってカジュアルな装いだ。業務上あまり目立つ格好は具合が悪い。

あまりの重労働で朝から疲れてしまう。三号を起動して自分で着るようにさせればよかったと気づいたのは、すべてが終わったあとだった。

着替えを終えた三号をそのままにして、運用部の自分の席に戻った。

パソコンを起動し自分のセキュリティカードを差し込む。するとＡＩロボットの操作専用ソフトが立ち上がった。さらにパスワードを打ち込む。ロボットが悪用されたら大変なのでセキュリティは厳しい。

ソフト上で主電源を入れる。どこから見てもロボットと分からないように、主電源さえ本体には存在しなかった。すべてはこのソフトを使って遠隔操作する。

電源を入れてしまえばあとは簡単だ。三号の目で見たものが健の机のモニターに映される。インカムを使って指示するだけだ。

「三号お帰り。また傷つけちゃってごめんな」

「……」

基本会話はすべて操作官が担当するが、アドリブで話すこともできる。ただ、操作官からの挨拶にロボットが返す必要はなかった。

それでも長い付き合いなので話しかけずにはいられない。

「今日から違うブロックの担当になったからよろしくな」

インカムに出動の指示を出すと担当エリアに到着するのを待った。

三号は品川の本部でパトロール車に乗ると、湾岸道路を北上した。

パトロール車とはいえ、警察車両のようにサイレンがあるわけでも目立つ色に塗られているわけでもない。あくまで一般人に気づかれないように市販の大衆車である。

健が使っているのは国産の白いセダンだ。

運転席に乗り込んでタッチパネルに行き先を入力すれば、あとは自動運転だ。ハンドルやアクセル、ブレーキなどは一応運転席に設置されているものの、あくまで緊急事態用である。自動運転車はとても優秀で、車同士の事故や人身事故はほとんどない。そのためよほどの理由がない限り、人間が運転することは法律で禁じられていた。手動運転のほうが圧倒的に事故が起こりやすい。

三号を乗せた車は高速道路を順調に飛ばしている。五十年ほど前から日本の人口は減りはじめ、車の数も減っている。昔は『渋滞』という言葉があったらしいが、いまは死語に近い。それなのに間近に迫ったオリンピックに向けて政府は道路整備を進めるという。ニュースでは連日『税金の無駄遣い』という見出しが並んでいた。

車はものの二十分ほどで高速を出て街中へと降りていく。モニターでそれを確認した健は、中心街から離れた駐車場に駐《と》めるように命じた。

「三号、ここが今日からの担当エリアだ」

モニターの左下に小さく表示させていた地図を指で触り、メイン画面に設定する。赤く点滅しているのが三号の現在地だ。最近では住所を数字だけで表示することも増えたけれど、ここはＪＲ新橋駅前である。

「データには目を通したけど、僕もこのへんはよく知らないんだ。とりあえず勉強がてら街を歩こう」

健はインカムに向かって話す。三号は平日午前中の駅前をパトロールしはじめた。

「このあたりは活気があるなぁ」

三号から送られてくる映像を見ながら健は思わず漏《も》らした。

駅前に昔からある蒸気機関車は老朽化が激しいものの健在だ。周辺にはスーツを着たサラリーマンが忙《せわ》しなく行き交っている。

「よろしくお願いしまぁす」

三号が雑踏の中を歩いているとお兄さんが何かを差し出す。差し出されたものを三号は思わず受け取った。いちいち指示を出さなくても、簡単なことには自《みずか》ら対応してくれるから操作官は楽だ。健はつくづく三号の性能に驚かされる。健はもっと大きな命令を下すだけでいいのだ。

感心する反面、三号が手にしたものを確認して健は思わず噴き出した。

「なにティッシュなんか受け取ってんだよ。お前使わないだろ」

ポケットティッシュの裏にはロングの髪をタテ巻きにしたドレス姿の女性が片手で目を隠しているチラシが入っていた。

「ロボットがキャバクラ行くわけないのにな……」

人間そっくりだからこそティッシュを配られたわけだが、さすがに三号はロボットなので女性に興味はない。

ティッシュ配りのお兄さんは道行く人にせっせと声をかけている。その様子を見ながら健は軽い優越感を覚えた。

おそらくあの〝お兄さん〟もロボットだ。見た目も人間風だしよくできているけど、健の目は誤魔化せない。

二〇一〇年代から少しずつ増えてきたロボットはこの三十年で劇的に普及した。労働力減少を補い単純労働に従事するロボットは街中に溢《あふ》れていた。よく観察すれば新橋駅前にもたくさんいる。

ロボットが普及したこともあり、二〇三六年には法律も整備された。通称『ロボット規制法』と呼ばれる法律には、ロボットについてのあらゆるルールが規定されている。

もっとも基本的な条項は『人間に危害を加えてはいけない』というものだが、それ以外にも『結婚や相続の禁止』『無許可の開発・製造の禁止』『改造の禁止』などがある。

これらは一般人に向けた法律だが、ロボットを使って極秘に治安維持に当たる健たちにもこれとは別に職務規定はある。基本的には一般の法律に準ずるが、特有の決まりとしては『ロボットを破損、破壊させない』『私的に使用しない』などの条項が定められている。もっとも重大なのは『ロボットを使っての犯罪行為』だ。極秘プロジェクトのため法律で定められたわけではないが、これに違反した場合は犯した罪に対する刑罰に加えて内規により重いペナルティが加えられる。操作官による犯罪を未然に防ぐ手段として、操作官は操作している間は絶対に研究所の敷地から出てはいけないという決まりがあった。ロボットと一緒に外出して罪を犯すこと、またそのまま逃亡することを防ぐためである。

それだけＡＩロボット技術研究所が開発したロボットの威力は凄《すさ》まじいということでもあった。

正午が近くなり、路上に置かれたテーブルでお弁当を売る人がいる。一見〝若い女性〟だが、これは誰が見てもロボットだった。顔と髪はそこそこ上手く造られているものの表情はほとんどなく、何より服から出ている手脚は金属ボディが剝き出しだ。三十年くらいは働いているのか、ボディは汚れて年季が入っている。

この手のロボットはあちこちにいるが、今年発売された最新型もちらほらと見かける。

モニターに目を凝らしていると、見つけた。興味本位で三号に近寄って観察しろと命じる。

三号は青い看板がトレードマークのコンビニに入り、それとなく店員を見つめる。女性店員は笑顔で客の差し出す商品のバーコードを読み取り代金を受け取っている。動きにぎこちないところも少ないし、表情も自然だ。

ただ彼女はおそらくロボットだろう。話す内容はもろマニュアルどおりだし、決定的なのは皮膚だ。人工皮膚の精度は上がったがそれでも〝人工〟に変わりない。張りがありすぎてツルッツルの肌は、綺麗だけど不自然だ。毛穴もなければシミもなく、蛍光灯の光を見事に反射している。

もともと家電を造っていた日本の大手メーカー『ブリリアン電機』が鳴り物入りでロボット業界に参入したのが三年前。半年前に発売した〝新製品〟と似ている気がする。購入者の好みで老若男女異なる外見にできるほか、いろんなオプションがついて販売価格六百八十万円。良い車が買える値段だけど人を雇うより安いと大人気の商品だ。

しかし健の目は欺《あざむ》けない。客が抱っこしているトイプードルがこの店員に牙を剝いている。動物は人間よりも敏感に怪しい物に反応するのだ。

健たちのロボットは政府の極秘プロジェクトであり特例とされているが『人間と見分けのつかないロボットの開発禁止』が法律で定められている。犯罪に使用されることを防ぐためだ。民間企業は技術的にも法律的にも人間そっくりの〝ヒューマノイド〟は創れないのだ。

「ありがとうございました」

商品を受け取った客が店の出口に向かって歩いていく。トイプードルは首をひねって店員をずっと睨《にら》んでいるが、すぐ横で立ち読みをしている三号にはまったく反応しなかった。

「すごいな三号、犬も騙《だま》せたぞ」

別に自分のものではなかったけれど、健は三号の優秀さにどこか鼻が高かった。

5

パトロールといえば聞こえはいいが、何もなければただの散歩だ。いや、健は運用部の机で指示を出しているだけだから散歩にもならない。

サラリーマンの街・新橋は夕方まで平和な時間が過ぎていった。

ところが勤務終わりも間近に迫った十七時半過ぎ、メイン通りから一本中に入った路地裏から大声が聞こえてきた。

「ふざけんなよ。警察呼ぶぞ！」

「それはこっちのセリフだよ、お客さん」

声のするほうに進んでいくと道を曲がった先で二人の男性が立っている。状況を観察しながら近づくとバーの店先で店員と客がもめているようだった。

「はじめに聞いた値段と全然違うだろ。一時間で三万も払えるかよ」

「お客さんが言ってるのは飲み放題のことでしょ？　おネエさんが付いたんだからオプション料がかかるのは当然ですよ」

「そんなの聞いてない！」

「いやいや説明しましたって」

少し離れたところで三号を立ち止まらせ集音感度を上げて声を拾う。どうやら請求額でもめているようだった。

サラリーマン風の客は五十代くらいで、グレーのスーツに包まれたお腹はかなりせり出している。頭の上もかなりさびしく〝うだつの上がらないサラリーマン感〟がにじみ出ていた。

一方の店員は二十代後半から三十代頭だろう。背が高く細身の黒いスーツに黒いネクタイ。髪が長く無精ひげの顔はこんがりと陽に焼けているが、健康的というよりチャラさが勝っていた。

「払えないなら、ちょっと事務所まで来てもらいましょうか。そこでじっくり話しましょうよ」

「嫌だね。何されるか分かったもんじゃない。警察に行くしかないな。まさかぼったくりバーとは思わなかった」

「はぁあ？」

客が言った最後のセリフを聞いて、店員の口調が急変した。

「下手《したて》に出てりゃあいい気になってんじゃねえぞ。グチャグチャ言ってねえで来い」

凄みの利《き》いた声で客の胸ぐらを摑《つか》み、雑居ビルの地下に引きずり込もうとする。さっきまでの勢いはどこへ行ったのか、客は驚いて声も出ず半分腰が抜けたようになっていた。

店員は階段を降りようとした矢先に周辺をうかがっている。警察に見られていないか確認しているのだろうか。とそこで少し離れたところにいる三号に気づいた。

「おいっお前、そんなとこで何してんだ」

やばいと思いとっさに顔をそむける。しかしその様子がなおさら店員の怒りを買ったようだ。このあたりの微妙な反応はどうも操作官の性格が出るらしい。三号のどん臭さは健のどん臭さだ。三号の表情はモニターで確認できなかったが、たぶんポケッと口でも開けて眺めていたんだろう。三号は背も高く顔もキリッと爽やか青年風だが、呆《ほう》けていたらせっかくの風貌も台無しだ。

「シカトしてんじゃねえよ」

モニターごしとはいえ店員の凄みに胃が縮こまる。ただここで逃げだしたら意味がない。健は三号に客の近くまで行かせるとインカムに向かって口を開いた。

「ちょっと通りかかったんで見てたんですけど、店員さんに無理があるんじゃないですか？」

「なんだと！」

「不正請求は犯罪ですよ。お客さんが納得してない以上、説明責任を果たせていると は思えません」

「お前に関係ねえだろうが」

そう言うと店員はいきなり三号の脚を足の甲で蹴ってきた。

ところがカーボン製ボディの三号は見た目と違って非常に硬い。ガツンッと大きな音がしたあと店員は顔を歪めて座り込む。胸ぐらを摑まれていた客はその隙に猛ダッシュで逃げていった。

「なんだこいつ。バケモンか！」

男は驚きの表情を浮かべている。『一般人にバレるなよ』という課長の顔がとっさに浮かんだ。

驚いた顔をしつつも男が今度は殴りかかってくる。こうなったらいちいち指示を出すより自動対応モードにしたほうがいい。健はそう思いモニターのスイッチに手を伸ばした。

ところがモニターにはさまざまなスイッチが並んでいる。『緊急自動対応モード』に切り替えようとして誤って主電源のスイッチを押してしまった。

次の瞬間、三号の視界を届けるモニター画面の映像が空転する。『緊急』の赤スイッチと『主電源』の赤スイッチが似ていたのだ。

やべっ、と思ったときには遅かった。

青空が映ったと思ったら、ドスンという音とともに三号が地面に倒れてしまった。

真っ暗になったモニターを前に、健は慌てまくった。高価な警備ロボットを街中でほったらかしにしているのだ。こんなミスで壊されでもしたらクビになりかねない。

ようやく再起動してモニターに画像が送られてきたときには、三号はゴミの山の中にうずもれていた。

「粗大ゴミだから料金かかるかなぁ」

さっきの男が歩き去りながらつぶやいている。どうやら三号が気絶したと思ったらしい。男の捨てゼリフを聞き、小心者の健は怒るよりもほっと胸を撫で下ろした。

6

定時になり健は三号を研究所に帰還させた。工場脇にあるロボット格納庫に連れていき、勤務終わりのボディチェックを行う。バーの店員にアスファルトの上を引きずられたため服は少々破れていたが、目立った外傷はなくてほっとした。

正義のヒーローにはほど遠いミスだった。同僚に知られたくないどん臭い仕事だったけれど、ともかく客のおじさんを救えたことは成功だ。

「よかったな三号、今日も無事終了だ」

一機ずつしまえるスペースに三号を入らせ椅子形の充電器に座らせる。健の指示で腰を落とすと、三号は目をつぶり格納庫入口に『充電中』のランプが灯った。

研究所地下にある〝休憩室〟に行くと、健はステンレス製の椅子にどかっと座った。ようやく一日が終わった。ずいぶん慣れてきた仕事だけれど、さすがにはじめてのエリアは緊張する。土地勘がないというのは思った以上に不安で、モニターの前に座っているだけで気づかないうちに体力を消耗していた。

しかも担当エリアの中心にある新橋駅周辺は昔からオフィスと繁華街が入り混じる賑《にぎ》やかな場所だ。大企業のビルもあれば雑居ビルに入る中小企業、そこに集まるサラリーマンと彼らを相手にする飲食店、娯楽施設、水商売……栄えていればガラの悪い奴らも必ず存在する。おそらくここをシマにしているヤクザもいるだろう。今日のぼったくりバーのお兄さんもその末端の一人だろうか。明日からの警備が思いやられる。

健は小さい頃からヒーローもののアニメが大好きだった。子どもたちが危険に陥ったときにどこからともなく現れ、華麗な技を繰り出して悪者をやっつけてくれる。自分もそんなふうになりたいなと思い続け、いまこんな仕事をしている。ところが『憧れ』と『向いている』は別物だ。ヒーローにはなりたいが健は性格が大人しく気も小さかった。

椅子に座って睡魔に襲われながら、嫌な気分を振り払うように陽一郎のことを考えていた。

厳密には陽一郎の妹の咲のことである。

昨日陽一郎の依頼を引き受けられなかったのは残念だけど、幸運の女神はどこに隠れているか分からないものだ。

火事で三号を損傷させてしまい担当エリアを変えられたことは想定外だったけれど、実はそのおかげで思いもよらない嬉しいことがあった。

担当エリアには咲の勤め先があるのだ。

今日は課長へ提出する日報をもっともらしくするために一番の繁華街をパトロールしたが、明日からはもう少し自由が利く。

これまで平日に会えることはほとんどなかったけれど、運が良ければばったり出くわすかもしれない。

そのことを妄想していると思わず顔がニヤついてしまう。とっさに天井を見上げ、変なところを見られはしなかっただろうかと思いつつ顔を戻した。

天井には黒い半円球のものがついている。高性能AIロボットを多数所持している研究所はセキュリティを万全にする必要があった。監視カメラもそのうちの一つだ。

必要なのは分かるけれど、いつも見られているのは気分のいいものじゃない。〝見慣れた景色〟とはいえ健は軽く舌打ちすると明日のパトロール先に思いをはせた。

7

翌日いつもより早く出社した健は、さっそく三号を起動して担当エリアに向かわせた。

高速を降りた車は新橋ではなく東に進路を変える。月島を横目に橋を渡ると十年前に埋め立てられた〝臨海ビジネスエリア〟に到着した。竹芝とお台場に挟まれた東京湾最後の人工島だという。

前回のオリンピックの際には、このあたりは競技場が密集して大変な賑わいを見せたらしい。オリンピックのあと、跡地の再利用として都はここに企業を誘致した。新宿などの都心部はもちろん、東京の下町や横浜、物流の拠点になる羽田空港と港にアクセスしやすいことから大企業が一気に進出し、東京一の高層ビル群に生まれ変わったのである。

新宿をもしのぐビルの森を抜けながら車は海に臨む青空駐車場に停車した。

「三号、今日は凶悪事件が頻発する臨海ビジネスエリアだ。当分ここらへんを重点的にパトロールするぞ」

嘘《うそ》である。

碁盤の目のように幅広い道路が延び、大企業の勤め人が行き交うこのあたりはむしろ東京一治安がいい。

ただ咲に会いたいだけだ。臨海ビジネスエリアに咲の会社はあるのだ。

三号に言い訳する必要もないのだが、健は気恥ずかしさを紛《まぎ》らわせるためにわざと深刻な声で言った。

「気を抜くなよ。いつ発砲音が聞こえてくるかもしれないからな。次に大破損したら、もうお前は直してもらえないかもしれない。そうしたら単純作業用ロボットに格下げか、下手したらスクラップだ」


三号は人工島の南端の道からパトロールを開始した。

駐車場を抜けると目の前に島を一周する幹線道路が続いている。片側四車線もあるため横断歩道は車線の地下をくぐっていた。地下通路を抜けて地上に出ると目の前に四十階から五十階建てのビルが乱立している。

ふと横を見上げれば高速道路の高架が走っていた。昔は海の上を渡していた橋であり『レインボーブリッジ』と呼ばれていたが、下の海が埋め立てられてしまったため『橋』ではなくただの高架になってしまった。島の中心にはギネス世界一の座を中国から取り戻した八十階建ての新ランドマークタワーがそびえていた。都はここをニューヨークを意識した〝東京の摩天楼〟にしたいらしい。

「広いなぁ、東京とは思えない」

モニターを覗《のぞ》きながら健は思わずつぶやいた。

車道も広いが歩道も広い。ただ、歩いている人はまばらだ。昼食時になれば周りのビルから人が湧き出てくるのだろうが、いまはオフィスで勤務中だ。余裕のある空間を春の風を受けながら歩くのは気持ちいいだろう……と、運用部オフィスのモニターごしに健は思った。

散歩を装ったパトロールをしていて、ふと気づく。

人々の視線が三号に集まっている。

「三号、ちょっとはじっこ歩け」

健の指示に三号は自然なステップで歩道の端に寄った。

それでも微妙に視線を感じる。

何か変な顔でもしているのかと思ったけど、そうではない。街を歩いているのが男女ともにきちっとしたスーツ姿だということに気がついた。

片や三号はポロシャツにジーンズである。体格のいい青年がこのへんをカジュアルな格好で歩いていれば、学生かどこかのＩＴベンチャーの社長かどちらかだ。十中八九前者と思われているのだろう。

「さすがに場違いだったな。これじゃあパトロールしづらいから、明日はスーツでも着てくるか」

確か備品にスーツがあったはずだ。どう考えても健のスーツが着られるはずはない。目立たないように歩く姿はパトロールというよりむしろ不審者に映るかもしれない。警察庁との合同プロジェクトとはいえ現場の制服警察官には知らされていないはずだ。警察に捕まって職質《しょくしつ》されるのだけは避けなければと思っていると、いつの間にか目的地に到着していた。

「おお、思ったよりでかいな。ここがアテナ社か……」

目の前に巨大なビルが建っている。日本が誇る世界的スポーツメーカー・アテナ社が咲の勤め先だった。健は咲の就職が決まったときにアテナ社のことをいろいろ調べたので人一倍詳しい。ただ実際来るのは初めてだった。

兄が兄なら妹も妹で優秀だ。アテナ社はあらゆるスポーツの備品を扱う総合メーカーで、スポーツイベントの主催や協賛、有名チームのスポンサーなどにもなっている。多くのスポーツチームも運営しており、最近日本のプロ野球チームを買収するかもしれないというニュースまで流れた。

今度のオリンピックの公式スポンサーであり、その影響もあってめちゃめちゃ景気がいいらしい。

ビルの前は広場に、一階はオープンカフェになっている。その横につながるエントランスでは、アテナ社所属で金メダル獲得を確実視されている女性マラソン選手の看板が吹き抜けの壁一面に掲げられていた。

「三号、ちょっと疲れただろ？　カフェで休憩しよう」

健はそう言って三号をビル一階に向かわせた。何か起こったときのために三号にはカードに入れた電子マネーを持たせている。

気のせいか三号がちょっと戸惑った顔をする。三号が疲れるわけはない。

「大丈夫、これも仕事だ。スーツを着てないお前は目立つ。ウロウロするよりここでお茶してるふりして監視しよう。幸いここは街の中心だし見晴らしがいいからな」

誰に言い訳しているのか自分でもだんだん分からなくなったが、昼食に咲が出てくることを期待しているだけだ。

ちなみに咲は健の彼女でも何でもない。勤務中に装備品のロボットを使って女の子を待ち伏せする。職権乱用なうえにストーカーという、はたから見たら変態の領域だ。健自身は研究所にいて周りは同じ操作官だらけだ。ニヤついているわけにはいかない。

いつもより深刻な顔を作りつつ健は咲の登場を待っていた。

ところがカフェに入って三十分もしないうちに健のモニターが真っ赤に点滅した。

上部に『緊急事態発生』の文字が浮かんでいる。

警察の通報システムと連動して、トラブル発生現場のそばにいる操作官に招集命令が出されるのだ。

次の瞬間、健のインカムに司令部から指令が入る。

「T‐003に急行指令。現場はTC6813地点。すでに一体の警備ロボットが着いているが数が足りない。応援に行ってくれ」

「……了解しました。向かいます」

通信が切れたとたん健は盛大に舌打ちした。

「三号聞いてただろ。監視はいいから向かってくれ」

指示されたのは徒歩で二十分ほどの場所だ。パトロール車を駐めた駐車場に戻るよりタクシーを捕まえたほうが早い。

命令は絶対だがせっかく咲に会えると思ったのに間が悪い。テンションだだスベリなのを押し殺して三号をタクシーに乗せて現場に向かわせる。ものの三分で到着すると、そこにはスーツ姿の男たち十人ほどがたたずんでいた。

その中から先着の警備ロボットを見つけ出す。周りは本物の人と思っているが警備ロボット同士は当然識別できる。もちろんこの運用部オフィスにそのロボットを操作している者もいるが、こんなときはロボットを通して情報交換したほうが早かった。

このあたりの運用ノウハウがここ一、二年の成果である。

「どうしました？」

健がインカムに告げると相手のロボットが気づいた。よく見れば手の甲を損傷している。この騒動で負ったのだろうか。

「おお君か」

現場ではロボット識別名で呼び合うのは厳禁である。

「実はいまオリンピック委員が視察に来ていてね。知事が主要施設をご案内して回ってるんだが、帯同してる委員の奥さまが急に浅草観光をしたいと言うんだよ」

「はあ？」

よく見ればスーツの中に一人、派手な服を着た女性が立っている。横にいる恰幅《かっぷく》のいい銀髪男性が委員でその前にいるのは知事だ。あとのガタイのいい男たちはＳＰだろう。

委員が知事に向かって何かしゃべっている。

「うちのワイフは言いだしたら譲らない。今日しか時間はないんだ。なんとか連れていってくれないか」

「そうおっしゃられても……」

このあと視察する場所は決まっている。知事とオリンピック委員の視察なら、それ相応の警備は必要だ。二手に分かれる余裕はないが、かといって奥方を一人で出歩かせるわけにもいかない。

「そういうわけだ。君が奥さまを連れて浅草観光に行ってくれ」

それを聞いて健は大きなため息をついた。その音がインカムを通して三号に伝わる。

当然、三号がため息をついたような態《てい》になった。

「行きますよ」

もう一人のロボットが事情を委員と奥方に説明する。

次の瞬間二人の顔がパッと輝いた。

何かをわめきながら満面の笑みで握手を求められる。何語か分からないが感謝の言葉を言っているんだろう。差し出された手を三号に握らせながら、健はインカムをはずして椅子の背にもたれかかった。

「行くよ。行けばいいんだろ」

数時間後、三号は浅草寺《せんそうじ》に続く仲見世《なかみせ》通りを委員の奥方と連れ立って歩いている。

お土産に買った木刀や手ぬぐい、わけの分からないガチャガチャを両手いっぱいに持たされながら、このおばちゃんが咲だったらなあと思わずにはいられなかった。

8

ようやくオリンピック委員の奥方に解放してもらえたのは二十時を回った頃だった。まったくあのおばちゃんには腹が立つ。旦那の肩書をかさに着て下僕のようにこき使われた。浅草見物なんてオリンピックの視察にはまったく関係ない。公私混同もはなはだしい。先着のロボットの傷も、やはり三号が駆けつける前の混乱で負ったらしい。

それでもお偉方に気持ち良く帰ってもらい、高評価をもらうことが目的というならこれも仕事のうちだと我慢した。最悪お土産の荷物持ちも我慢できる。

しかし帰りがけに三号をディナーに誘ってきたのにはうんざりした。付き合ってくれたお礼だとは言っていたがあの視線はどうも怪しい。SPと警護対象が勤務外に二人きりで食事なんてどう考えてもおかしいだろう。どうやら若く見える三号が気に入ったらしい。移動中の車内でやけにベタベタと身体を触ってきた。

おかげで腕やら首筋やらが口紅だらけだ。

まったく困った人だなあ。

自動運転の車がようやく品川の研究所に到着する。駐車場に車を駐めてエントランスに向かうと、横から声をかけられた。

「お、三号のご帰還か。ってことは健もまだ居るんだな。お疲れ、健！」

陽一郎だ。仕事中の白衣姿ではなく私服でエントランスに立っていた。

「陽ちゃん、敷地内だからって三号におかしな話しかけ方しないでくれよ。遠隔操作のロボットだってバレバレじゃないか」

「大丈夫だよ。関係者しか居ないんだから」

「でも規則だからやめてよ。また課長に怒られるだろ」

「相変わらず真面目だな。分かったよ」

するとそこに優しい声がどこからか降ってきた。

「お兄ちゃん、お待たせ」

その声の主が誰なのか健はすぐに分かった。

咲だ。突然の登場に俄然《がぜん》色めき立つ。落ち着け落ち着けと自分に言い聞かせた。

「おう、咲。わざわざ来てもらって悪いな」

「ううん、大丈夫。こちらの方は？」

咲が三号に気づいて陽一郎に訊いた。

家族でもロボットのことを漏らすのは厳禁である。

「彼は俺の同僚の……佐藤翼《さとうつばさ》君。こいつは妹の咲だ」

「いつも兄がお世話になってます」

咲は三号に丁寧に頭を下げて笑顔を見せた。

どぎまぎしながら健は三号に頭を下げさせた。

「いえ、こちらこそお世話になっています。天野君にこんな可愛い妹がいるなんて知らなかったな。笑顔がお兄さんにそっくりですね」

思わず口に出た言葉に健自身が驚く。三号を通すことでいつもより少し大胆になれるらしい。

「お世辞でも嬉しいです」

咲は一瞬戸惑った表情を見せたが、無難にかわした。

「いきなり何言ってんだよ。全然似てないだろ」

陽一郎は言いながら三号に目配せしてモニターごしの健を牽制《けんせい》した。

「こいつまだ仕事が残ってるらしいんだよ。邪魔しちゃ悪いだろ」

「そうなんですか、すいません」

暗《あん》に早く行けと陽一郎に促される。仕方なく頭を軽く下げてその場を少し離れたが、集音感度を上げて二人の会話を盗み聞きした。

「じゃあ行こうか」

「うん、どこのお店予約してくれたの?」

「わざわざ帰り道から外れるのも面倒だろ。浜松町のイタリアンだよ。最近できた人気店なんだぜ」

「ホント？　嬉しい。早く行こ！」

まるでカップルじゃないか。

会話を聞いて健は少し腹が立ってきた。家族とはいえこの二人は仲が良すぎる。仕事帰りに落ち合って人気店で外食する兄妹なんて気持ち悪いと思ったけど、過去を知っている健は仕方ないと思い直した。

陽一郎と咲には両親がいない。

陽一郎が高校生の頃に飛行機事故で二人同時に亡くなったのだ。

それ以来陽一郎は咲の親代わりになって面倒を見てきた。咲は今二十三歳。健たちとは五歳離れている。陽一郎は奨学金で大学に行き、この研究所に勤めながら咲の大学の学費の面倒も見ていた。横浜の高層マンションに二人で住んでいる。カップルみたいに仲良しに見えるのも当たり前かもしれない。

二人は連れ立って歩きながら研究所を離れていく。

「明日はどこに行くんだよ」

「最近忙しくてなかなか買い物行けなかったからね。渋谷と青山と、新宿あたりを回りたいな」

「そんなに？」

そういえば明日は休日だ。陽一郎がこの間言っていた買い物のことか。

二人の声が遠ざかっていく。文句を言いつつも陽一郎は楽しそうだ。

二人は兄妹でショッピング、健は仕事。

休日出勤を呪いながら、二人の姿が見えなくなるまで三号をエントランスに立たせ続けた。

9

陽一郎は手にしたタバコを人目につかないように足もとに落としてスニーカーで踏んだ。

空は快晴、気温は二十度そこそこではあったがともかく湿度が高い。

ついこの間までの春の陽気から少しずつ夏の足音が近づいている。

陽一郎はため息をついてさらに次のタバコをつまみ上げた。

ここは多くのブランド店が軒を連ねる表参道だ。土曜日とあって驚くほど人が多い。

行き交う人はファッション雑誌から抜け出たようにオシャレで、着る物に無頓着《むとんちゃく》な陽一郎は気おくれしてしまう。今日も仕事にも着ていく紺のスラックスに白のスニーカー。上はファストファッションで購入してかれこれ三年は着ているTシャツだ。

とそこに陽一郎のスマホが着信した。

慌てて出ると少し棘《とげ》のある咲の声が響いてきた。

「お兄ちゃんどこ行ったの？　早く戻ってきてよ」

陽一郎は咲の買い物に付き合って朝から街を練り歩いている。

咲は入社して一年ちょっとが経ち、この間本配属先が決まった。新人研修はお堅いスーツだったが、これからはかなりカジュアルな格好ができることになったという。会社に着ていく服がないということでセールを狙った買い物に付き合うことになったのだ。

すでに日は傾きはじめている。さすがの陽一郎も疲れていた。

研究に没頭すれば何日徹夜しても大丈夫だし、最近風邪を引いた記憶もない。職場の同僚と比べても身体は人一倍丈夫だ。しかし慣れない街歩きはこたえた。

それでも妹にはつい甘くしてしまう。

「ごめんごめん、すごい混んでたから外で休憩してたんだよ」

店の中に戻ってようやく咲を見つける。表参道で買い物とはいっても咲が入る店はどこも安い。「ハイブランドなんて私には無理だよ」と言って庶民的な店ばかりをめぐっていた。

「ねえ、どっちの色がいいと思う？」

咲が右手と左手に服を持って陽一郎に見せる。どちらも同じ形のワンピースだが、片方はサーモンピンク、もう片方は明るめの紺だった。

女性ものしか出していない店には当然ながら女子しかいない。セール中ということもあり熱気がすごい。陽一郎は場違いな空気に早くも窒息しそうだ。

「ピンクがいいんじゃない？　可愛いじゃん」

「そう？　仕事で着るつもりだからちょっと可愛すぎないかな？」

「そんなことないって」

正直陽一郎にはよく分からない。まだ幼さを残しているとはいえ咲ももう社会人だ。高価なものには手が出ないけど人並みにファッションには興味があるらしい。素朴だが目鼻立ちのはっきりした顔はピンクも紺もどっちもいける。たぶんこの感想は身内びいきではないはずだ。たぶん……

「やっぱり紺にするね。このほうがコーディネイトしやすいし」

「どっ！」

決めてるなら訊くな。

陽一郎はコントばりにこけそうになった。

「なあ、そろそろいいだろう。腹減ったよ」

「うん、どうしても欲しいものは買ったかな。まだ行きたい店もあるけど……」

「もう十分だよ。っていうかもう持ちきれないし」

そう言う陽一郎の両腕は咲が買い物した手提げ袋でいっぱいだ。

「荷物持ちさせちゃってごめんね。今日は私がおごるから」

「新人が生意気言うな。咲におごってもらうのは俺がノーベル賞もらうときまでとっとくよ」

「じゃあ一生おごれないじゃん」

「グチャグチャ言ってないで早く行こう。ここでいいか？」

そう言って二人が入ったのは原宿駅前のファミレスだった。

ランチなのかディナーなのか分からない微妙な時間のためか意外と客は少ない。二人は待つことなく窓際のボックス席に案内された。

出された水を一気に飲みほし、陽一郎は『ボリューム満点がっつりハンバーグステーキセット』を、咲は『ボンゴレパスタ』を注文する。ドリンクバーのコーラを飲みながら陽一郎は咲をしみじみと見つめた。

「それにしても早いよな。咲がもう社会人だもんな」

「何いまさら言ってんの。もう一年以上経つじゃない」

買ってきた服を袋から取り出しながら咲が言う。

「俺からしたらまだ中学生くらいの感覚なんだよ」

「子ども扱いしないで。もう大人だし。そうだ、そろそろ独り暮らしはじめようかな」

「バカ、まだ早いよ。貯金しとけ」

「でも私が居たらお兄ちゃんも彼女連れてきづらいじゃない？」

「そんなのいないし。俺は仕事が命なんだよ」

「寂しいねえ。もう二十八でしょ？　結婚とかも考えないと」

「俺のことはいいんだよ。それより最近あいつはどうなんだ」

ちょうどそこに注文したものが出てきた。ジュウジュウと焼けた鉄板がテーブルに置かれる。冷めるのも待ちきれずに口の中に放り込み陽一郎は続けた。

「近頃あいつからあんまり電話はないな」

〝あいつ〟とは咲の大学の同級生の男だ。サークルで出会ったものの在学中はたいして話したこともなかったが、大学卒業間近の頃から咲に頻繁《ひんぱん》に連絡してくるようになった。はじめは友達として咲も丁寧に接していたのだが、告白されたのを境に距離を置くようになっていたのである。

　陽一郎も写真で顔は知っている。背も高く話も上手いイケメンだがチャラい。咲は丁重に断ったのだが、それから定期的にストーカーじみたことをされるようになったのだ。

　今日こうして陽一郎が買い物に付き合っているのもその男が心配だったからだ。

「せっかく楽しいときに変な話しないでよ」

「心配して言ってんだよ」

「大丈夫大丈夫」

「ならいいんだけどな」

　あれだけお腹が減っていたのに、そんな話をしていたらいつの間にか陽一郎の手は止まっていた。対して咲のお皿にはもうほとんどパスタは残っていない。

「いらないならもらうよ」

　そう言って咲が陽一郎の皿から肉の欠片《かけら》を奪う。口に放り込んで美味《おい》しそうに眼を細めた。

　食べているうちに早くも外は薄暗くなってくる。早めの夕食をとる人たちで店内は少しずつ混みはじめていた。

　夕飯はいま食べた遅めのランチと一緒でいいか。夜中に腹が減ったらカップラーメンでも食べよう。研究以外は食にもファッションにも興味のない陽一郎は、食後のケーキを食べる咲を眺めながらとりとめのない考えをめぐらせる。

ところがそこで陽一郎はふと違和感を覚えた。

どこからか視線を感じる。咲に心配をかけないようにあたりを見回した。数秒は違和感の原因が分からなかったが、向かいの壁際に座った男に気づいてゾクリとした。

奴か？

一瞬咲の大学時代のストーカーかと思ったが、違う。

黒縁の眼鏡にニット帽を被って変装しているが、あれは三号だ。

男一人でコーヒーを飲むフリをしてじっとこっちをうかがっていた。

この間咲の付き添いを頼んだことを健は覚えていたのだ。仕事だからと断ったくせにちゃっかり尾行していることに呆れる。三号を咲に見られたから変装させているのだろう。

とってつけたような変装に陽一郎は苦笑いした。

「どうしたの？」

それに気づいた咲がケーキから顔を上げる。

「いや、なんでもない」

慌てて取り繕ってから再び三号に目をやった。

この蒸し暑いのにニット帽はないだろう。どうやら健は陽一郎以上にファッションセンスがないらしい。いかにも〝探偵〟のような風貌で咲を見ている三号を逆に観察しながら、陽一郎は笑いと同時に複雑な想いを抱えていた。

10

陽一郎と咲がファミレスで会計する様子を観察しながら、運用部モニター前で健は大きなため息をついた。

「三号、お前もそろそろ出ていいよ」

二人がドアを開けて外に出るのを待って三号も席を立つ。もう遅いし彼らも帰るのだろう。さすがにこれ以上尾行するのはやめておこうと思った。そもそももう勤務時間が終わる。事件の対応でもない限り勤務時間内にロボットを研究所に帰還させなければならなかった。

二人が買い物に行くと知って実は朝からずっとあとをつけていた。陽一郎にバレたくないからかなり距離を置くしかなかったが、変装の甲斐もあってここまでバレずに済んだ。この間咲にも顔が割れていたが彼女が気にするそぶりはない。担当エリアの警備をさぼって関係のないエリアに来ているのである。『不審者の尾行』や『ＶＩＰの警護』など、担当エリアを離れられる特別ルールを思い出して課長への言い訳を考えていた。

陽一郎と咲に続いて会計を済ませファミレスの外に出る。二人を捜すと店の前の交差点で信号待ちをしていた。三号がファミレス入口の階段を下りているうちに青になる。距離を保って歩いていくと、二人はそのまま原宿駅の改札に吸い込まれていった。

「もう定時になるし、三号も帰還しよう」

健はそう言ってパトロール車を駐めてある表参道に向かわせた。

仕事をさぼって尾行していたんだから分かっていたことだが、今日も咲と話すことはできなかった。長く片想いを続けているが何も進展しないまま時間だけが過ぎていく。

この想いは伝わるのか……

健は時々不安になる。

彼女を好きになったのはもうずいぶん前のことだ。

健が物心ついたときすでに陽一郎と咲はそばにいた。

一番古い記憶はいつになるだろう。

小学校の三年生くらいのとき、健は近所のいたずらっ子に公園でいじめられていた。原因はブランコの取り合い。他愛もない理由だけど子どもにとっては重大事である。漕いでいるところを後ろから蹴られて前に派手に転んだ。肘《ひじ》を擦りむいて健は泣きじゃくる。何が彼らの癇《かん》に障ったのか分からないがブランコを奪い取っても彼らの攻撃はやまず、さらに頭を叩いてきた。いったん火が付くと子どもたちは容赦ない。ところがそこに陽一郎がやってきて見事にいじめっ子たちを追っ払ってくれたのだ。

腕っぷしに物を言わせて助けてくれたわけじゃない。「やめろよ!」と一言叫んで、あとは健の前に立っていじめっ子たちを睨んでいただけだ。陽一郎だってまだまだ小さかったはずなのに、健の目にはものすごく大きく映った。あの頃から陽一郎には何かオーラが宿っていた。誰もが一目置くクラスの中心的な存在なのだ。

ところがふと気づくとそばにはもう一人の影があった。

陽一郎はもちろん、健と比べてもまだ小さかった。まだ幼稚園児くらいの年齢なのに、陽一郎の横で同じポーズを取っていじめっ子たちに睨みを利かせていた。

ようやくいじめっ子たちが退散すると二人は健を立たせてくれた。さっさと立ち去ろうとする陽一郎を尻目に、ハンカチで健の傷を拭いてくれたのが妹の咲だった。

はじめて会ったあのときからすでに健は咲に心を奪われていたのだろうが、高校生のときに起きたある出来事を機にその気持ちは決定的なものになった。

この子と一緒にいたい。守りたい。ただそう思い続けていた。

健自身、自分が冴えない男だというのは分かっている。どう考えても女の子にちやほやされるタイプじゃない。すぐそばになんでも完璧な陽一郎がいるんだ。咲も面食いに違いない。そんなふうに考えると胸の奥を掻《か》きむしりたくなるような気持ちになる。もしかしたら咲の相手は自分ではないかもしれないが、それでも咲には幸せになってほしいと思った。

暗くなりつつある表参道では街路樹に取りつけられた電球が灯りはじめている。オシャレなカップルが手をつないで楽しそうに歩く中を三号は一人で歩いていた。大通りを抜けて横道に逸れればパトロール車はすぐそこだ。

ふと見ると目の前に日本人の女性マラソン選手のポスターが貼られている。全面ガラス張りのためその店の中は外からでもよく見えた。

このポスターには見覚えがある。アテナ社所属の看板選手だ。そこは咲の会社が直営するスポーツショップだった。

そもそも健はオシャレな人たちが集まるこのあたりにはあまり来たことがない。アテナ社についてては詳しいつもりでいたが、こんなところに店があるなんて知らなかった。しかもここは全国に展開する直営店の中でも中心的な大きな店らしい。ガラスごしに見える店内にはイベントスペースや所属選手の活躍を紹介するパネルなどが飾られていた。

せっかくだからちょっと覗いていこう。三号に冴えない探偵ルックをさせていたことを思い出して閃《ひらめ》いた。

そうだ。アテナ社がある地区の担当になったんだし、三号が咲に出くわすこともあるかもしれない。そのときアテナ社の服を着ていればポイントも高いはず。アテナ社は総合スポーツメーカーだが普段でも着られるものも出している。

「三号、ちょっと寄り道だ。定時までまだ少しあるしその店に入って服を探そう」

三号が首を傾《かし》げたような気がする。ショッピングが仕事ですかと三号から言われたように感じたが気のせいだ。感情があるわけじゃないのに、あまりに人間そっくりなせいかこっちが変な気分にさせられる。どうしても感情移入してしまうのだ。

とはいえ操作官の命令は絶対だ。三号は黙ってエントランスの自動ドアから中に入った。中は休日ということもあってかなりの客が入っている。ちょうど店から出ていこうとする人のリュックとぶつかってよろめいた。

「あ、すいません……」

相手が落とした紙袋を拾って謝った。背が高く痩せた男はぺこりと頭を下げて受け取ると足早に去っていく。東京はセカセカしているなと思った次の瞬間だった。耳が痛くなるほど凄まじい衝撃音がインカムを通して聞こえたあと、モニターが真っ暗になったのだ。

また過って電源を落としたのかと思ったがそうではない。

事の重大さを想像して頭が真っ白になる。

何を操作してもまったくの無反応だった。

現場で何が起こったのか、情報収集の手段を失った健にはどうしようもない。

いますぐ現場に急行したかったがどうしてもそれはできなかった。

このロボット警備プロジェクトではいくつかの職務規定がある。ロボットを破壊してはならないというのも重要な規定だが、それ以上に徹底されているのが『操作官はロボット操作中に決して研究所を出てはならない』というものである。

高性能のロボットはそれ自体が重要機密の塊だ。ロボットを持って逃亡したり悪用されることを防ぐためのものである。

健もこのプロジェクトに任命されたときにわざわざ宣誓書にサインさせられたほどだ。

健は一瞬椅子の背もたれにかけていたジャケットを摑んでオフィスをあとにしようとしたが、その規定を思い出して踏みとどまった。

仕方ない。

バックアップスタッフに事の成り行きを説明して代わりに現場へ向かってもらった。

11

「このバカもんがっ」

辻課長の怒鳴り声が響いたのは研究所製造部の修理工場だった。

「こんなにしちまって、どう責任取るつもりだ」

健は課長の前に立ち、身を縮こませている。

不可抗力だ。

健にも言い分はある。しかし仕事をさぼって出向いていた先で遭遇したことだけに、怒り狂った課長に反論する気にはなれなかった。

「すぐに始末書を書いて提出しろ。お前の処遇はそのあと伝える」

課長はそう吐き捨てると荒々しい足取りで運用部オフィスに戻っていった。

健は大きく息を吐き肩を落とす。

目の前にはバラバラに壊れた三号が無残な姿で転がっていた。

右手左脚は爆破の衝撃で吹っ飛んだのか、胴体からもげている。皮膚は焦げて金属製のボディが剝き出しになっていた。端整だった顔も昨日までの面影はない。ただ無機質な金属の塊が横たえられていた。

損傷させただけでも大変だったんだから、こんな状態では怒られるの当たり前だよな……。いよいよクビか。

課長には『不審者の尾行をしていて担当エリアを離れた』と報告した。業務違反には問われなそうだが、こうなった以上それどころじゃない。

変わり果てた三号の姿を見ながら健は拳を握りしめた。


あとで聞いた話だが、バックアップスタッフが現場に急行するとそこはひどいことになっていたらしい。

消防車と救急車、それに警察やマスコミの車両が集まり、その周りをやじ馬が取り囲んでいた。爆発が起き、規制線が張られていた。死傷者の有無は分からないがあたりは騒然としていた。

バックアップスタッフは現場を仕切る警察官と交渉して規制線の中に入ると、しばらくして三号を載せた担架を運び出してきた。上には白い布が被せてある。やじ馬に三号の存在を知られないように三号の残骸をあっという間に回収したのだった。

ボディはともかく頭脳であるＡＩが壊れたため修理はできないという。新品を造ったほうが安く上がるとのことだった。

心のないロボットとはいえ壊れた三号を見ていられない。健は思わず目を逸らした。一年以上一緒に仕事をするうちに情が移ったらしい。バカな失敗もしたけど楽しい思い出ばかりが頭に浮かぶ。

オリンピック委員の奥方を接待したときには、ロボットのくせに嫌そうな顔してたよな。パトロール中、女の子の前で格好つけたセリフを言わせると、どことなく軽蔑の眼差しをしてたっけ。食べられもしないのにロボットだとバレないようにご飯を食べさせたときは、あやうく喉に詰まらせそうになってリアルにむせてたな……

「三号、ごめん。僕が変な指示を出したために……」

三号の前で呆然としていると突然健の肩に手が置かれた。

振り返ると陽一郎が立っていた。

いつものふざけた感じとは違い真面目な表情を浮かべている。休みなのに、わざわざ様子を見に来てくれたようだ。

「三号、残念だったな。お前と相性良かったのに」

「うん……」

　尾行をさせていたから陽一郎のことは昨日も見ている。爆発の報告を受けて彼も尾行に気づいているかもしれないが、そのことを話してはこなかった。

「そんなに落ち込むな。次は俺がもっと良いロボットを創ってやるよ」

「……でも、僕はもうここにいられなくなるかもしれないよ」

「何言ってんだよ。試運転期間中なんだからトラブルは付き物だろ。いちいちこんなことでクビにされてたら誰もいなくなっちゃうって」

「……」

「大丈夫。あの上司のことは心配するな。俺が上層部とかけあって大げさにならないようにするから」

「……ありがとう。僕なんかのために」

「らしくねえな。俺たち幼馴染みだろ。家族と一緒じゃねえか。そんなこと気にすんな」

　将来を嘱望《しょくぼう》されている天才プログラマーの陽一郎が自分をここまで気に留めてくれる。

　たしかに健も落ち込んでばかりはいられない。

　三号のためにも優秀な操作官にならないと。

どんな処分を告げられるか分からないけど与えられたことを頑張るだけだ。
健は目をつぶり、三号に向かっていままでありがとうとつぶやいた。

プログラム 2

12

男はパソコンを見つめながら頭をひねっていた。

この間見たあの光景は男にも予想外だ。どこかに〝バグ〟があるのかもしれない。ひとつひとつ検証していくうちに瞬く間に夜は更けていく。改善点に気づき、ようやく仕事を終えた頃には窓の外は白みはじめていた。

よし、これでいい。

男は凝った身体をほぐそうと背伸びをしたあと、不審な点はないかあたりをうかがった。

これまで何度か作業を繰り返してきた結果かなり完成度は高くなってきた。このまま実験を続ければ近い将来〝目的〟は達成されるだろう。いまはコツコツとデータを収集してさらなる高みを目指すだけである。

徹夜したにもかかわらず男の目は野心で爛々《らんらん》と輝いていた。

13

六月上旬。

季節は初夏を迎え日増しに蒸し暑くなっている。梅雨の季節だが今年はこれまでにない異常気象でほとんど雨が降っていなかった。夏にはオリンピックが控えているというのに水不足は大丈夫なのだろうか。

三号が壊れてからもう一ヶ月近くが過ぎている。あれから健《たける》は主に同僚操作官のバックアップか雑事をこなす毎日だった。

オフィス詰めのルーティンワークにさすがに気持ちが腐ってくる。操作官なのに担当ロボットがいないのでは話にならない。

いつ現場復帰できるのだろう。

陽一郎《よういちろう》の口添えがあったからか分からないが、クビにならなかっただけでもありがたい。所内で陽一郎に会ったときに訊いてみたが「俺は別に何もしていない」としらばっくれていた。

そうは言うけどたぶん彼が手を回してくれたおかげだろう。「もうすぐ現場に戻れるから頑張れ」と会うたびに励ましてもくれた。

そしてついさっき自分の席で事務仕事をしていると、辻《つじ》課長から内線があった。

正午になったら所長室まで来いという。

所長室は製造・研究棟のある本部の最上階だ。いち操作官の健はそのフロアに行ったこともない。まさか一緒にランチを食べるわけでもないだろうし、陽一郎の力及ばずついにクビの宣告だろうか。

時間になりエレベーターに乗って最上階のスイッチを押すと、健は緊張を隠すことができなかった。

「失礼します」

ノックのあとに室内から「はい」という声が聞こえてくる。

扉を開けて中に入り伏し目がちに部屋の奥を確認する。大きな執務机の前の立派な椅子《いす》に腰を掛けているのは、プロジェクトスタートのときの総会で挨拶をしていた里《さと》見《み》高徳《たかのり》所長だった。

この暑さにもかかわらず仕立ての良いグレーのスーツに身を包んでいる。五十歳を超えて髪は少々薄くなっていたが眼光は鋭くいかにも天才科学者らしい。

はじめて入る所長室にただでさえ緊張していたが、机の横に控えている人物を見てさらに驚いた。内線を寄越した辻課長だけでなく陽一郎まで立っていたのだ。しかもらしくないスーツ姿である。

彼の顔を凝視すると、陽一郎がさりげなくウインクして黙って聞けと促した。

「ようこそ、大沢《おおさわ》君」

そう所長は切り出した。

「先月の警備ロボットのことは残念だったな」

「はい……」

「まあそんなに気を落とさないで。警察が原因を調べているが、事件か事故かいまだに特定できていない。予測できた事態じゃないんだ。あまり自分を責めないように」

「ありがとうございます」

「三号以外に人間の死傷者がいなかったことが不幸中の幸いだったな」

所長自ら健を励ましてくれる。あり得ない状況にエリート研究員の陽一郎の力を感じた。陽一郎は健ではなく所長のほうに視線を向け続けている。

「今日来てもらったのは他でもない。新たな辞令を渡そうと思ってね」

どんな閑職《かんしょく》に回されるのだろう。所長は気にするなと言ってくれるが、破棄せざるを得ないほどロボットを損傷させたのはプロジェクトはじまって以来健だけだ。超高価なロボットだけにどんな処遇になっても文句は言えない。

ところが所長の言葉は意外なものだった。

「このＡＩロボット警備プロジェクト自体が世間に極秘であることは分かっていると思うが、君には明日から組織内でも秘密のプロジェクトを担当してほしい」

「はあ……」

思わぬ展開に気の抜けた声しか出てこない。

「実はある企業にテロの予告文が届いたんだ。オリンピックが終わるまでに、関係施設を爆破するという。オリンピックを目前に控えて政府も警察もピリピリしている。いま東京でテロなどが起これば国の威信にかかわるからな。警察と協力関係にある我々がいち私企業に肩入れするわけにはいかないが、今回は国家プロジェクトにもかかわる事態だから仕方ない。単なる脅しか愉快犯かもしれないが絶対にテロを起こさせてはいけないんだ。

特殊任務のため通常の操作官の常識は忘れてくれ。必要とあれば深夜も休日もない。裁量権を拡大するからある程度は自由にやってくれ」

「君、とても名誉なことだぞ。ありがたく受けなさい」

横から辻課長が口を挟む。出世しか興味のない課長は揉《も》み手で所長の意見に大げさにうなずいていた。

「でもなぜ僕なんですか？　優秀な人はいくらでもいると思いますし、僕はこの間ミスしたばかりで……」

「君を推薦する者がいてね」

その言葉にピンときた。陽一郎を見るとあらぬ方向を見てとぼけている。

「もちろんそれだけじゃない。これまでの君の働きぶりは報告を受けている。ミスは多いがそれも業務に真面目に取り組んだ結果だ」

そう聞いて先日の爆発事故を思い出す。業務違反をして咲を尾行していたのだ。少し心が痛んだ。

「加えて決定的だったのが先日の爆発事故だ」

自分の心を読まれたのかとドキッとしたが、そのあとの所長の言葉は予想外だった。

「さっき、事件か事故か判明していないと言ったね。もちろん現場からは事件を決定づける証拠は出てきていない。ところがさっき話したテロ予告があってからこれらが関係している可能性が浮上したんだ。君の辻君への報告では、ロボットを現場の店に入れるとき男とぶつかったと言っているね」

「はい……」

「ロボットのメモリーが焼け焦げてしまったためその記録映像も消えてしまった。男を見たのは君だけなんだ」

「ということその男が店を爆破してテロの予告もしてきたってことですか？」

「かもしれないし違うかもしれない。もちろん対応するのは君だけじゃない。多くのスタッフとロボットを投入するが、君には犯人の解明を最優先にしてほしい」

「所長、大丈夫です。彼は所内一のスポーツファンで知識豊富ですから今回のプロジェクトには最適だと思います」

陽一郎がはじめて口を開く。

スポーツファン？

たいして好きでもないし陽一郎にそんな話をしたこともない。

しかし陽一郎の真剣な顔を見て健はようやく気がついた。

「まさか、テロ予告を受けた会社って……」

「世界的スポーツメーカー・アテナ社だ。今回のオリンピックの主幹スポンサーで何かがあればオリンピック開催も危ぶまれる。もちろんアテナ社員に事実は伝えていない。やれるね」

アテナ社……

陽一郎の妹・咲《さき》が勤める会社がテロリストの標的になっている。

陽一郎はそれで推薦してくれたわけか。陽一郎は健の咲への想いに気づいているのだ。

健はもう一度陽一郎を見ながら、受けるしかないと腹をくくった。

14

所長室を出た健はその足で製造棟に向かった。辻課長からそう指示されたのだ。クビになるかもとビクビクしていたのにまさかこんな辞令を受けるとは思わなかった。よりにもよって咲の会社がテロの標的になり自分がそこの警備担当になるなんて。命令された以上やるしかない。アテナ社には独自に雇われた警備員がいるしテロ予告のことは警察にも通報されている。不安を掻《か》きたてないように公表されていないが警察は重点的に監視するだろう。

自分だけで守るわけじゃない。

背中にのしかかる重圧をなんとか軽くしようと健は自分に言い聞かせた。

ブツブツ独り言をつぶやきながら歩いているうちに製造棟に到着する。扉をノックして中に入ると白衣姿の製造部スタッフが手招きしてきた。

「待ってたぞ。今日から新たな任務だってな。これが新しいロボットだ」

スタッフに誘導されて保存キャビネットに来てみると、そこには三号そっくりのロボットが横たわっていた。

「四号だ。これを使って任務に当たってくれ」

四号って、まんまだな……

あまりの工夫のなさに噴き出しそうになる。

三号に再会したような錯覚に陥り、破壊されたとき涙を流したのがバカらしくなった。

そうか、そうだよな。勝手に感情移入してたけどしょせんこいつらはロボット。死んだわけでもなくただ壊れただけだ。修理すれば直るしまた造り直せば復活する。

「テロ対策担当になったんだって？　ミスばっかりのお前がずいぶん重要任務を仰せつかったもんだ」

「ええ、まあ……」

所内スタッフとはいえあまり多くをしゃべるわけにはいかない。

「四号にはこの間開発したばかりの機能をはじめて搭載しておいたよ。テロ対策のデータだ。国内外の主な過激派の風貌と履歴をインプットしてある。四号がそいつに出くわせば君が見ているモニターが赤く点滅するはずだ」

それはすごい。いままでみたいにいつ起こるか分からないトラブルをただひたすら見張るよりよほどやりやすい。上手くすれば事件を未然に防ぐことができる。

「でもなんでわざわざ三号とこんなにそっくりにしたんですか？」

「年齢や性別を変えると操作も変わるだろう。今回の任務は閉鎖された企業内だしすぐにスタートするから、新しいロボットに慣れる暇がない。使い慣れた外見のほうがいいと思ってね」

「それはそうですけど……」

三号の幽霊のようで気持ち悪い。まだ目はつぶっているが、なんであのときあの店に寄り道させたんだと責められているようだった。

いや、違う違う。こいつは三号ではないしただのロボットだ。

ついつい人間のように扱ってしまう自分に言い聞かせる。

お前らは何度も人生をやり直せていいよなあ。僕だってまた生き返れるなら危険をかえりみずヒーローみたいな活躍をしてみたいよ、と健は頭の中で愚痴《ぐち》った。

「分かりました。今日中に準備を整えて明日から現場に入ります」

15

翌日健は四号を操作してさっそくアテナ社に向かわせた。

梅雨どきだというのにこの日も青空が広がっている。正面エントランスの前に立つと、全面ガラス張りの近代的なタワービルには初夏の空が映りこんでいた。

「三、いや四号。受付に行け」

インカムにそう告げるとビジネスバッグを抱えた四号が歩き出した。自動ドアを抜けて吹き抜けのエントランスホールに入る。以前来たときと同じく、壁にある金メダル候補の女子マラソン選手の看板が出迎えてくれた。ちょっと違うのは以前より看板の数が増えていることだ。女子短距離のスター選手とビッグマウスで有名な男子サッカーのキャプテンの写真も大きく掲げられていた。アテナ社のロゴ入りシャツを着ているところを見ると彼らもここの所属なのだろう。

今日四号にはスーツを着せている。綺麗な受付の女性に来意を告げると、すでに話は通っているのか入館証を渡された。

「それでは十八階にある警備室に行ってください」

警備室のドアをノックして中に入ると八畳ほどの部屋が広がっていた。壁にはスチールロッカーが並び部屋の中央に簡単なテーブルとパイプ椅子がいくつか置いてある。

更衣室であり休憩や仮眠のスペースでもあるようだ。そこに初老の男が一人座っていた。

「はじめまして、今日からお世話になる佐藤《さとう》です」

以前陽一郎が三号にとっさに付けた人間名を名乗る。男は顔を四号に向けると人のよさそうな笑顔を浮かべた。

「君が新入りか。話は聞いてるよ。警備主任の菊池《きくち》だ」

「慣れないことばかりですがよろしくお願いします」

新人らしく爽やかに挨拶してみる。四号は三号と同じく二十代後半の爽やか青年だ。健本人より第一印象は断然良いに違いない。

「そう硬くなるなって。気楽にやってくれ。しかも君は俺たちと同じシフトじゃないんだろ?」

「はあ……」

そうなのだ。警備といってもテロ対策だから彼らと同じように動くわけではない。

「そうなんです。私は単独で全館の警備をしますので、ときにはみなさんと担当エリアが被ってしまうかもしれませんが気にしないでください」

菊池が若干不審そうな顔をする。それでももともとさっぱりした性格なのか、それ以上詮索《せんさく》してくることはなかった。

「俺たちのことは気にするな。ほれ、これが制服と社内規則。これは時間があるときに目を通しておいてくれ。あと全館を自由に出入りできるセキュリティカードだ。いきなりこのカードを許可されるなんてあんたすごい信頼だね。この部屋も自由に使ってくれよ」

「ありがとうございます」

「ちなみに警備員はあんたを除いて合計十一人いる。そのうち非番が二人で一日二十四時間を交代制で担当してる」

警備主任の菊池は大雑把な説明を終えると自分の持ち場に戻っていった。

16

菊池から渡された制服に着替えさせると、健は四号にさっそく警備をはじめるように伝えた。

制服はすべて紺色でウエストを上着の上から革のベルトで締めるようになっている。警察官ではないため拳銃は持たず腰に警棒をぶら下げるだけだ。二十一世紀も半ばを過ぎたというのにずいぶん古めかしい。足元はくるぶしまでのブーツで頭にツバ付きの帽子を被る。百年以上前から変わらない典型的な警備員スタイルだった。慣れない姿になぜかモニターごしの健が恥ずかしくなる。

「四号似合ってるよ」

鏡に映った四号を見てそう言うと軽く睨《にら》まれたような気がした。

制服で廊下を歩き非常階段に向かう。菊池から手渡された社内規則には警備員のマニュアルが記されていたが、そのひとつに『エレベーターは使わない』と書かれていた。エレベーターは一般社員が使用するものであり、幹部やお客さんも利用する。制服警備員はなるべく目立たないように移動するためと理由が添えられていた。

十八階からコツコツと階段を下りてゆく。四号はロボットだから苦にならないが歳のいった他の警備員たちは大変だろう。モニターを見つめる健のほうが疲れを覚えた。

勤務初日の今日はまずはビルに詳しくならなければならない。社内規則を取り出すと本社ビルの見取り図を開いた。

一階から三階までは吹き抜けのエントランスホールで常駐の警備員が一人。トラックも乗り入れる大きな裏口にも警備員が一人。四階が広報部、五階から十階が営業部、さらにその上に技術開発部、海外営業部などがあり、最上階が取締役たちの個室らしい。残り一人の常駐警備員は四号と同じように館内を自由にパトロールしているらしかった。

咲は営業部なので五階から十階のどこかにいる。できればそこを警備したかったが初日からそれではさすがにまずい。辻課長や里見所長、アテナ社総務部の手前もあり、今日はもっとも目立つエントランスホールの警備をしようと考えた。

「四号、受付の警備員から離れたところに立ってくれ。出入りする人たちを観察したい」

そう告げると四号はさも慣れたような足取りで五基あるエレベーターの脇に陣取った。


それから六時間、何事もなく平和な時間が過ぎさった。

新たに追加してもらった『テロ容疑者探索機能』はもちろん一度も作動していない。健は運用部の自席に座り、ただただモニターを見続けているだけだった。

暇だ。三十分が二時間くらいに感じる。

街中のパトロールには慣れていたが一ヶ所に立ったまま監視するのははじめてだ。同じ警備でもずいぶん勝手が違う。怪しい人や場所に自分から近づいていく街のパトロールに対して、今回はひたすら〝待ち〟なのだ。こう言ったら不謹慎だろうが、何事もなく平和なのが逆にきつい。じっとしているのは意外に辛いんだなと気がついた。

ただし四号は直立不動の姿勢でも愚痴ひとつ言わない。一定のリズムで首を動かしてホール全体を見回しながらずっと監視を続けている。疲れを知らない四号はこういう仕事には向いていた。

十六時になり警備主任の菊池がエントランスホールにやってきた。四号の姿を確認して「よう」と手を挙げて近づいてきた。健が指示を出さなくても四号は軽く頭を下げた。

「ちょこちょこ覗《のぞ》きに来たけどあんた頑張るね。もう五時間は立ちっぱなしじゃない？　まだ赴任したばかりなんだし、あまり根を詰めないようにね。休憩しながらやってくれよ」

主任はそう言うと受付横の立番《りつばん》警備員に敬礼する。相手も敬礼で返すと二人は持ち場を交換した。

そう言われて健はそうかと気がついた。

ここでは四号は本物の人間なのだ。生身の人間があまりにぶっ続けで立っていればおかしい。たしかに休憩しないのは迂闊《うかつ》だった。食事はともかくトイレにも行かずに立ちっぱなしでいれば逆に怪しまれても仕方ない。ロボットだとバレたらまた辻課長からどやされる。

「四号、ちょっとトイレに行くふりをしよう。これからは僕が指示を出さなくても、少なくとも二、三時間に一回はトイレに行くようにな」

健の指示で四号はさっそく一階にある男子トイレに向かう。そこには先客数人が用を足していた。

トイレに来て何をするのか。四号には一応アレもついているが、あくまでも服を脱いでもロボットだとバレないためのダミーだ。オシッコができるわけじゃない。トイレの中で警備員がウロウロしていたら逆に怪しすぎる。とりあえず個室に入ると数分間何もしないで時間が過ぎるのを待った。


何もしていないのに手を洗ってトイレを出る。四号にハンカチで手を拭かせながら、健はこの現場は意外にきついとため息をついた。

アテナ社本社に商品を販売するショップはないから一般のお客さんはやってこない。そのため社員が出社している朝九時から十八時まで会社の入口は開いているが、それ以外は施錠する。テロの防止が任務なだけにビルが閉まる夜間に四号が監視する必要はなかった。

あと少しで仕事は終わる。受付付近を見張っていれば退社する咲を見つけられるかもしれない。それだけがこの任務の楽しみだ。そんなことを思いながら持ち場に戻ろうとすると受付から大きな声が聞こえてきた。

「すいませんお客様、そういったご要望には添いかねるのですが……」

「お前に話しても意味ねえ。担当者出せ！」

受付に来ていたのは二十代前半くらいの若い男だった。背が高く長い髪を後ろで束ねている。カジュアルな服の上からでも筋肉の盛り上がりがよく分かる。しかしその目は淀み狂気に満ちている。目を吊り上げて受付の女性に食って掛かっていた。

四号が反応しないことからテロ容疑者ではない。

受付警備をしていた主任の菊池が男のそばに近寄って警戒している。

そこにスーツ姿の女性が走ってきた。様子を見ていた健はその姿を見て一気に眠気が吹き飛んだ。

咲だ。

「お客様、もう一度ご用件をうかがってもよろしいでしょうか」

「ようやく来たな、咲」

咲？　男は下の名前を知っているだけでなく呼び捨てにしている。

「あ、いえ、私は陸上競技装備品の担当営業・天野《あまの》と申します。まずは私がお話をうかがいいたします」

咲はそう言いながら男を外に連れ出そうとする。ところが男はそれを拒んだ。

「隠す必要ねえだろ。俺とお前の仲じゃねえか」

「すいません、困ります……」

健は状況が呑み込めず二人を見つめる。四号にどう指示を出していいか戸惑った。

「最近連絡しても出てくれねえからさ。こうでもしないと会えねえじゃん」

男の言葉でようやくピンときた。

陽一郎がこの間言っていた、咲につきまとっているストーカーがこいつだ。クレーマーを装ってやってきたのだ。咲が陸上シューズの担当者だということをどこかで知り、クレームをつければ彼女が出てくると踏んだのだろう。

勤務初日に出くわすとはある意味運がいい。咲を困らせている奴をぶっとばしてやる。

「なあ、ちょっと時間作ってくれよ。俺たちやり直そうぜ」

「変なこと言わないでください」

「なんだよ。元カレがここまで下手《したて》に出てんだぜ。いい加減機嫌直せよ」

男の一方的な言い分に咲は動揺している。しかもここは彼女の職場なのだ。

しかし咲も負けていない。

「こんなところまで押しかけるなんていい加減にしてください。警察呼びますよ」

男の顔を見据えて言った。

男はギッと咲を睨みつけると、ポケットに手を突っ込みバタフライナイフを取り出した。

四号の視界を拡大してよくよく観察すると、目は赤く濁り足元はふらついている。どうもかなり酔っているみたいだ。

受付の女性が悲鳴を上げる。

「落ち着いてください！」

ナイフを見て咲が一歩退く。横にいた菊池もさすがにナイフを出されたことはないのかへっぴり腰になっていた。

「グダグダ言ってんじゃねえ。一緒に来ねえなら殺す。俺は本気だぞ」

そう言ってナイフを持った手を咲の眼前に突き出した。

周りにいた社員たちもただならぬ雰囲気にざわついている。男が咲の腕を摑《つか》もうとしたのを見て健は四号に指示をした。

四号が男の後ろから走り寄る。ナイフを持つ手を摑んでひねりあげるとうつぶせに倒して馬乗りになった。男はあっけなくうめき声を漏《も》らしながら静かになった。

四号の流れるような動きは美しい。自分がやったような気になり健はヒーロー気取りでインカムに言った。

「威力業務妨害で拘束します」

四号の一瞬の行動を咲は呆然と見つめていた。

それから五分、ようやくアテナ社に警察が駆けつけると組み伏せていた男を彼らに引き渡して四号は立ち上がった。

「勤務初日から大活躍だな。見事な動きだったよ。柔道でもやってたの？」

菊池が四号の肩を叩いて喜んでいる。さっきまでの恐怖を誤魔化すようにやけに陽気にはしゃいでいた。

しかし四号、いや健は彼など見ていない。彼の後ろでまだ呆然としている咲に視線を送った。

咲はほっとしたのか身体の力が抜けてフラフラしている。ガクッと身体が傾き腰から床にへたり込みそうになったのを見て四号が慌てて腕を摑んだ。

「ごめんなさい……助けていただいてありがとうございます」

「大丈夫ですか？」

「ええ、なんとか。これくらいで動揺してるんじゃダメですね」

咲は自分のふがいなさを反省している。

「いや、まだ新しい配属先に慣れてないんですからしょうがないですよ」

「どうしてそれを？」

まずい……

単なる警備員が新人女性社員の社歴に詳しいのは怪しすぎる。

「あれ？」

急に咲の声色が変わる。健はモニターごしに彼女を見た。

「あなたあのときの……」

咲は四号の顔をまじまじと覗き込んでいる。健は思わずうつむいた。

「やっぱり」

咲が言いかけたと同時に四号は自分の口に人差し指を当てる。警備主任の菊池と受付に背中を向けながら小さな声で言った。

「咲さんですよね。お久しぶりです」

「やっぱりあのときの。えーと確か……」

言いよどむ咲を見て研究所のエントランスで陽一郎と一緒に咲と会ったときのことを思い出す。あのときは三号だったがあまりにそっくりなので咲は三号と思い込んでいるのだ。

「さ、佐藤です」

自分の名前なのに少しつっかえる。別に健が直接会ったわけでもないのに咲が三号の名前を覚えていなかったことに少しへコんだ。

「そう、佐藤さん。兄の同僚の。どうしてこんなところに？」

「詳しい事情は伝えられないんですが、今度アテナ社の警備担当として赴任しまして。今日が初日なんですよ」

「そうだったんですか。偶然ですね。私ここの社員なんです」

もちろん知っている。しかしそんな様子はおくびにも出せない。

「ええ、そのことはお兄さんから聞いてました。ただ僕の所属先のことなどは内緒にしていてもらえませんか？　業務に支障があるもので……」

「そうなんですね。分かりました、誰にも言いません」

その言葉に心底ほっとする。まさか初日から知られてしまうとは。辻課長にバレたら何を言われるか分かったもんじゃない。

気がつけば健たちの様子を受付から菊池たちが怪訝《けげん》そうな表情で見つめている。あまり長話はしていられない。

健がモニターの隅に浮かんでいる時刻を見ると十八時を回ったところだった。

「では私はこれで。ちょうど勤務が明けますので」

内心の動揺を抑えて健は四号をその場から立ち去らせた。

17

あれは忘れもしない、健が高校三年の春のことだ。

健は地元の高校に通っていたが、進学校に進んだ幼馴染《おさななじ》みの陽一郎から久々に連絡が来た。でも携帯から聞こえてきた声は健の知っている陽気なものではなかった。その電話で聞かされたのは両親が亡くなったということだった。

数日前、海外で飛行機事故があり乗客乗員すべてが亡くなったことはニュースで知っていたが、そこに仕事に行く途中の陽一郎の両親が乗っていたらしい。

健も小さい頃に陽一郎の家に遊びにいって彼の両親に可愛がってもらったが、彼らがどんな仕事をしていたのかは知らない。ニュースでは操縦を任されていたＡＩが故障し、飛行機を誤操作したことが原因というようなことを言っていた。

陽一郎は葬儀の日程だけを伝えて電話を切った。

そして数日後、健は市内で行われた葬儀に参列した。

鉄筋コンクリートの真新しい施設は綺麗だけどどこか寒々しかった。日本は極端な高齢化が進んでいるため新しい葬儀場が次々に建設されている。

祭壇の周りは花で埋め尽くされている。施設の中で一番大きな部屋らしく、飾りつけも参列者の数もすごかった。陽一郎の親はずいぶん立派な人だったらしい。細かい話は分からなかったが、『天才だった』『この事故でこの分野は五十年遅れる』など、陽一郎の父親を惜しむ言葉が飛び交っている。近代的な施設の中で読経するお坊さんは健の目にはお芝居を観ているような非現実的なものに映った。

陽一郎は高校三年生ながら長男なので喪主を務めている。最前列に座り参列者の応対に忙しそうだ。小さい頃はしょっちゅう遊んでいたが高校に入ってからは疎遠になっていた。久々に見た陽一郎は葬儀の疲れでやつれているものの精悍《せいかん》さを増している。親族なわけではないからお焼香《しょうこう》を済ませたらあとは何もない。陽一郎と咲に挨拶だけして帰ろうとあたりを見回したときだった。

遠くのほうで寂しげにたたずむ咲を見つけた。

「大変だったね」

声をかけると咲は深々と頭を下げてきた。

「今日は来てくれてありがとうございます」

健はあのときの咲を鮮明に覚えている。

久しぶりに会った咲は中学生になっていて見違えるほど大人びていたから。

健は咲に見とれていた。

「このたびはご愁傷様《しゅうしょうさま》でした……」

慣れない挨拶に口ごもる。咲はそんな健にもきっちりと応対してくれた。気づけば咲はいっさい取り乱した様子がない。顔は青白いものの涙ひとつ見せていなかった。

「突然だったんで驚きました……」

「これからどうするの？」

「両親が遺してくれた貯えがあるんで、とりあえずお兄ちゃんと二人であの家に住みます。お兄ちゃんが成人するまではおじさんが後見人になってくれることになりました」

「そう……」

高校生の健にはそんな素っ気ない反応しか出てこない。不安だらけのはずなのに咲は健気《けなげ》に振る舞っていた。

とそこに咲が手を差し出した。手には何かが握られている。

何？　と目で訴えるとさらに手を突き出した。

無言で健の手に握らせる。健は唖然としながら自分の掌《てのひら》を開けると、そこには昔流《は》行《や》ったヒーローロボットの人形が転がっていた。

「昔お兄ちゃんとこの人形でよく遊んでたでしょ。健くんのなのにお兄ちゃんが壊しちゃって……」

そういえばそんなこともあったかもしれない。

「健くんが泣いてたのをよく覚えてるんだ。お兄ちゃんに話したらすっかり忘れてるんだもん。今度会ったときに渡そうと思ってネットで壊れてないのを探してたの。昔のだからずいぶん探したんだよ」

咲はそう言って恥ずかしそうに笑った。

その笑顔を見て健はいままで感じたことのないものが身体の中からこみ上げてくるのに気がついた。

こんな大変なときに十年も前のことを気づかってくれるなんて……

何かお礼を言わなきゃと慌てて手にしていた花を差し出した。

「これ、大したものじゃないけど」

そう言って健が差し出したのは学校の花壇で育てている花だった。小粒だが青く可《か》憐《れん》な花を咲かせている。

「ワスレナグサ。こんなときに持ってくる花じゃないかもしれないけど、これしか用意できなくて……」

ところが、それを受け取った咲は突然顔を手で覆い肩を震わせはじめた。

「咲ちゃん、ごめん。僕は……」

いったん流れはじめた涙は堰《せき》を切ったように溢《あふ》れ出しいつしか嗚咽《おえつ》になっている。

我慢していたものが一気に崩壊したのだろう。それでもしっかりと健の前に立ち「本当にありがとうね」と言い続けていた。

健はその姿を見て彼女を一生守るんだと誓ったのだった。

18

アテナ社赴任から一週間が過ぎた。

健は午前中に社内全体のチェックを済ませると午後からは一階受付の横に陣取った。受付横には立番警備員がいる。世界的大企業だけに訪問客もひっきりなしだ。これまでクレーマーもちらほら来たが、今日は穏やかだった。

初日みたいなこともある。しかもテロ予告のこともある。犯人が現れるとすればここにいるのが一番見つけやすい。三号が破壊されたあのときエントランスですれ違った男の顔は正直はっきりと覚えていなかったが、四号の新機能に頼るまでもなく見れば分かる自信はあった。

ただそれはタテマエで実際は咲の顔を見たいだけだ。

昨夜十年前の夢を見た。

咲は両親の葬儀のとき、健の前で声をあげて泣きはじめた。その姿は見ていて辛かったがその一方で健の中の何かを変えた。

使命感？　正義感？　それとも愛情だろうか。

健にもはっきり分からなかったが、その日から咲のことばかり考えるようになったのは間違いない。


街中のパトロールと違い咲と会える確率はとても高くなった。

もちろん直接でなく四号ごしにだがほぼ毎日一回は姿を見る。営業職の彼女はいつも大きな荷物を持って出かけていった。その姿は生き生きとしている。プライベートの彼女しか知らなかったが仕事をしている姿も可愛い。

彼女は彼女で初日のこともあり出くわすたびに笑顔をたたえて会釈をしてくれる。秘密にしてくれと健から頼んだので、ただそれだけで話しかけてくることはなかった。

時計を見ると十四時を回っている。いつもの流れならそろそろだ。

そう考えた直後エレベーターから吐き出された人たちの中に咲の姿があった。

いつものとおり両手に大きな紙袋を提げている。いったい何が入っているんだろう。

彼女は同僚たちと一緒に、足早に入口のほうに向かっていく。四号の脇を通り過ぎるときいつものように会釈をしてくれた。

それだけで満ち足りた気分になる。ところが今日はそれだけではなかった。咲はツカツカと四号に近づいてくると四号の耳元で囁《ささや》いた。

「佐藤さん、今日ってお時間ありますか？」

「え？　まあ勤務は十八時までですけど……」

「もしよかったら食事でも行きませんか？　この間のお礼がしたいんです」

聞いた瞬間跳びはねたくなる。その衝動を必死に抑えて警備員らしく応えた。

「わざわざありがとうございます。でもいいんでしょうか。あくまで仕事をしたまでですから」

「仕事とか関係ありません。命の恩人にお礼しないほうがおかしいです」

「はあ……」

素っ気なく装っているが内心健は有頂天だ。思わぬ展開で初デートが実現しそうだ。しかしよくよく考えれば完全な『ロボットの私用』だ。高価なロボットを職務以外で使うことは堅く禁じられている。

健は迷ったが研究所の里見所長に言われたことを思い出した。

『特殊任務だから、裁量権を拡大する』

そうだ。健はいまただの操作官じゃない。アテナ社の社員を守るためには業務時間外に四号を使ったってかまうもんか。これはあくまでも〝警備〟だ。

「じゃあ今日十九時に新橋の駅前での待ち合わせではどうですか？」

「分かりました」

四号が答えると咲は嬉しそうな笑顔を見せて慌ただしくビルの外に出ていった。

咲とのやりとりを繰り返し噛《か》みしめているうちにすぐに勤務終了の時間になった。

健は急いで警備室に四号を戻らせると四号専用のロッカーを開ける。中にかけておいた私服を取り出した。

「こんなことならもう少しまともな服にしてくればよかったな」

ハンガーにかけたTシャツとジーンズに着替えながら、健は思わずつぶやく。Tシャツの胸元には『I♡忍者』とプリントされている。この間浅草見物に付き合ったオリンピック委員の奥方から『記念に』と渡されたものだ。健自身オシャレに興味はないし自分が着るわけでもないから大して気にしていなかったが、さすがにこれはない。日本観光に来た外国人丸出しだ。

とはいえいまから着替えに帰る時間はない。

鏡に向かって髪形を整え洗面所で歯を磨く。

ロボットに何させてるんだと自分につっこみたくなったが、やらずにはいられない。

四号ごしとはいえ咲との初デートだ。彼女はそんな気なんてさらさらないかもしれないが、オクテの健にとって女の子と二人きりという時点でデートである。

時計を見るともう約束の三十分前だ。

「四号、ダッシュだ」

健の指示で四号は約束の場所に向かった。


真新しい最寄りの地下鉄出口から新橋に出る。ちょっと海を渡っただけなのに臨海ビジネスエリアとはまったく雰囲気が違っていた。

ほんの少し前のことなのに、三号と一緒にこのエリアの担当だったことが懐かしい。

駅前は帰宅時間とあって多くのサラリーマンでごったがえしていた。

改札を出てあたりを見回すと壁際に立つ咲の姿があった。

「すいません、お待たせしちゃって」

「いえ、こちらこそ急なお誘いですいません」

もちろん健は咲とも幼馴染みだが、四号自体は〝この間知り合った兄の同僚〟なのであまり馴々《なれなれ》しくも話せない。今日中に親しく話せるようになればいい。時間はたっぷりあるんだ。

ところが咲は後ろを振り返りながら言った。

「今日は上司と同僚も連れてきました。どうしても連れていけって聞かないもんですから」

「……ああ、そうなんですね」

四号に心はないが健の感情が伝染する。露骨にがっかりした態度をとる四号にさすがに健はまずいと思った。それでも気の利《き》いた言葉が浮かんでこない。

「はじめまして。天野君の上司の東條《とうじょう》です。先日は彼女の窮地を救ってくれてありがとうございました。今日はささやかですが会社からのお礼です」

モゴモゴする四号を尻目に東條という上司が挨拶をする。渡された名刺には『部長』と記されていた。仕立ての良いネイビーのスーツに包まれた細身の身体はとても若々しい。髪こそ白いものが交ざっているし『部長』というくらいだからそこそこの年齢なのだろうが、四十代前半にしか見えなかった。

「それともう二人、こちらが先輩の轟《とどろき》さんと坂本《さかもと》さん」

咲の紹介を受けて二人が笑顔で手を差し出す。その手を順に握った。

轟も東條部長と同様スマートにスーツを着ている。三十を超えたくらいだろうか。部長と違って背は低めだがキリッとした目元が印象的な好青年だった。

そしてもう一人、坂本はグレーのスーツスカートが似合う女性だ。歳は咲の少し上、二十代後半あたりだろう。栗色の長い髪は緩めに波打ちヒールの高い靴を見事にはきこなしている。可愛らしい咲とは違い、できるお姉さん風だ。

「咲を救ってくれたのがイケメン警備員だっていうからついてきちゃいました。ほんと素敵ですねえ」

真っ赤な口紅が動き扇情的《せんじょう》に四号を見つめる。免疫のない健はドキドキしてしまうが、咲の手前どう応対していいか困ってしまった。


駅前の居酒屋に移動して乾杯してからすでに一時間が経とうとしている。

掘りごたつ式の個室ではお誕生日席に部長が座り、その横に四号、向かいに咲、そして四号の隣が坂本、咲の隣が轟だった。

大きな長テーブルには創作和食がずらりと並んでいる。四号は超精巧な人型ロボットとして一応物を食べられるようにできている。消化せずお腹に溜めて、あとで捨てることになるのだが、違和感なく箸を口に運ぶ四号の姿を誰も怪しんでいないようだった。

「私も佐藤さんの勇姿が見たかったなあ」

まだそんなにお酒も入っていないのに坂本はすでに顔をほんのり上気させている。

四号の座布団に自分の座布団をくっつけてやけに近距離でため息をついた。

「クレーマーを一本背負いしたんでしょ？　カッコいいいっ！」

「いや、別に背負ってないですよ」

いつの間にか話に尾ひれがついている。オフィスで咲が例の事件の顚末《てんまつ》を説明していたようだが、あらためて武勇伝を振り返させられていた。得てしてこういうものは大げさに広まるものだ。ただ事件を起こした男のことは〝咲のストーカー〟ではなく単なる〝クレーマー〟ということになっていた。

「坂本さん、そんなにくっつくから佐藤さんが困ってますよ」

斜め向かいの轟が雰囲気を察して声をかけてくれる。それでも坂本は離れようとしなかった。

気まずい。そして複雑だ。

せっかく咲と仲良くなろうと思っていたのに思惑が外れてしまう。短めのスカートから坂本の綺麗な脚が覗いている。モニターごしに思わず見つめてしまい健は慌てて目を逸らした。

咲は咲で、ベタベタする四号と坂本をにこやかに見つめながらみんなのグラスにビールを注いでいる。しかも隣に座る轟とずいぶん親しそうだ。少なくとも轟は咲に好意を抱いているように見える。

運用部で酒も飲まずモニターごしに四号に指示するのがもどかしかった。モニターごしに思わず轟を睨みつけてしまう。

「でも赴任初日から大活躍でしたよね。以前はどちらにいたんですか？　良い身体してるし何かスポーツされてるんでしょ？」

四号の視線に何か感じたのか分からないが、轟が四号のグラスにビールを注ぎながら訊いてきた。正直一番困る質問だ。

まさかこんな展開になるとは思っていなかったので何も考えていない。不器用な健は一瞬真っ白になったが開き直って答えた。

「ええ、学生時代はアメフトをしてました。大学を卒業していまの警備会社に入ったんです」

「アメフトか。やっぱりね」

思わず出た嘘《うそ》に健自身驚く。アメフトなんてルールも知らない。もうどうにでもなれとやけくそで続けた。

「本来は現場の警備員でなくて営業部所属なんですが、大卒の社員は三年間は現場経験を積むことになってましてね」

四号を通してしゃべりながら健は自分の机の上の新聞をちらっと見る。一面には首相の顔写真が載っていた。

「以前は国会議事堂の警備をしていました。要人の警護もやってたんですよ」

咲も含めた三人から、おおおっと歓声が上がった。

「それはすごい。やっぱり優秀なんですね。そんな方にうちの警備をお願いできるなんて光栄ですよ。天野君も運が良かったな」

東條部長が上機嫌で褒めてくれた。

その場をしのぐためとはいえ勢いで出た嘘に心が痛む。要人を警護したことはあるが、馴々しい外国人奥方くらいだ。

「もうすぐオリンピックが開かれる。うちは社をあげてそれをサポートしているわけだが、世界中からこの東京に人が大勢やって来るからね。ビジネスチャンスである反面リスクも大きいんだ」

東條部長が顔を引き締めて言った。テロ予告のことをこの部長は知っているんだろうか。いや役員レベルと総務部長しか知らないはずだ。

「そんなときに佐藤さんのような方が来てくれたのは心強い。君らも気を引き締めて頑張ってくれよ」

四号のお礼会はそのまま、坂本が色気を振りまき轟と咲が仲良く飲み交わすのを見せつけられながら、健の想いも空《むな》しく幕を閉じた。

プログラム 3

19

男のもとにその指示が来たのは蒸し暑さが増してきた七月のことだった。

梅雨のはじめは晴天が続いたがここにきてようやくそれらしい空になっている。

男は仕事場の窓を開けどんより垂れ込めた黒い雲を見てうっすらと笑みを浮かべる。

ついさっきまでの奴らとのミーティングを思い出していた。

政府はよほどテロが怖いらしい。

東京で開かれる三度目のオリンピックは梅雨が明ける頃、もうすぐそこに迫っている。これだけ巨大な国際大会なのだから世界中から選手やマスコミが詰めかけＶＩＰも大勢来日する。注目が集まるということはそこで何かを起こせば大きな効果が期待できるということだ。軽いいたずらから本気じみた脅迫、組織だった犯行を匂わせるものまでさまざまな脅迫が大会組織委員会に届いていた。実際、脅しだけでなく軽いボヤ騒ぎや乱闘なども頻発《ひんぱつ》している。

奴らはそれらをいちいち真に受け対応しようとしている。

男にとってこれは願ってもない状況だった。

こんな状況はめったにない。これを利用しない手はなかった。

奴らがピリピリ慌てている間に俺たちは好きなだけ〝実験〟ができる。

これまでの実験でずいぶんとデータは集まり、完成まであとわずかだ。

あとは最後の仕上げをするだけである。

そのための千載一遇《せんざいいちぐう》のチャンスは目前に迫ろうとしていた。

20

白一色の殺風景な廊下を抜けて健《たける》は今日も自分の操作ブースに向かっていた。

咲《さき》の仕事場が担当エリアになってから以前よりも仕事が楽しくて仕方がない。警備という仕事柄いちおう緊張感を持っている〝態《てい》〟は作っているが、ぶっちゃけ演技だ。

咲とオフィス内で会うたびに顔が緩んでしまう。

アテナ社の警備を担当するようになってからすでに一ヶ月が経とうとしていた。咲を助けたお礼として開いてくれた飲み会は健的には不発に終わった。いやむしろイケメンの先輩・轟《とどろき》と咲の仲を見せつけられて正直穏やかじゃない。どうやら轟が一方的に咲に好意を持っているだけで咲はあまり関心がないようだが、いつどうなるか分からない。

なにしろあっちは咲の先輩でいつも一緒なのだ。しかも口に出すのも悔しいが一流企業の社員で性格も爽やか。口説くチャンスはいくらでもある。

一方の健はほぼ毎日会えるようになったとはいえ警備員の四号を通して遭遇するだけだ。あの事件以来出会えば笑顔を見せてくれるくらいにはなっていたが、しょせんそれだけだ。スタートラインが十キロくらい後ろからのマラソンを強《し》いられているような気分だ。

健は朝食もとらず昨日と同じ服装のまま自分の椅子《いす》に座った。もともとファッションには興味がない。咲に直接会うわけでもないからこれで十分なのだ。

パソコンを立ち上げインカムを手にする。少し早いがいつもの仕事をはじめようとしたとき内線が鳴った。

「はい……」

珍しく辻《つじ》課長だ。

椅子から立ち上がりパーティションごしにオフィスの奥を覗《のぞ》くと辻課長もこっちを見ている。向かおうとすると先回りで制された。

「いや忙しいから来なくていい。内線で済まそう」

「朝からどうされたんですか」

ミスばかりしている健を辻課長は毛嫌いしている。内線なんて珍しい。

「君に新たな任務が加わった」

その一言に動揺する。咲と会えなくなるのか。

こちらの緊張を察したように辻課長は続けた。胆《きも》の小さい小役人的な人物だがこういう機微《きび》には敏感な奴なのだ。

「早とちりしないでくれ。アテナ社のテロ警備を解くわけじゃない。オリンピックが迫ってきたが知ってのとおりアテナ社は総合スポーツメーカーだ。オリンピックの主幹スポンサーであり大会運営に大きくかかわっている。社員たちも最近慌ただしいだろう」

そうなのだ。エントランスで四号に警備させていると社員が朝から外に出ていく姿を多く見かける。それは咲も同じだ。

「部署によって外出先はさまざまだろうが特にメインスタジアムが多い。アテナ社へのテロはなにも本社だけがターゲットじゃないからな。君は四号を本社にへばりつかせるだけじゃなく、必要と思えばスタジアムを中心に外にも出てくれ。上からの命令だ」

「はい！」

思わずはしゃいだ返事をしてしまう。

実はすでに社員と飲み会を開いていたわけだがそれはこの際黙っておいた。

「もちろん脅迫はスタジアムだけじゃなく、大会組織委員会の本部や都庁、官公庁にも届いているがそれは別の部隊に任せてある。お前はアテナ社と所属選手の警備に専念しろ」

「分かりました。本日からそうします」

「よろしく」

辻課長はそれだけ言うとさっさと内線を切ってしまった。

健は椅子に座ると課長にバレないように周りから見えないところでガッツポーズをした。

願ってもない任務だ。これで堂々と咲についていける。

健、いや四号と咲をくっつけようと神様が仕組んでくれたとしか思えない。

十キロ先を走っていた轟の背中が、一気に目の前に迫ったような気がした。

21

始業から十五分、全面のガラス張りからまだ朝の色の残る光が差し込むエントランスに大きな紙袋を両手に持った咲が現れた。今日も朝から爽やかだ。

「天野《あまの》さん」

足早に受付の横を通り過ぎていくところを四号に呼び止めさせた。

立ち止まり四号を見る目は最初きょとんとしていたが、一拍置いて「あっ」と小さく声をあげた。驚いた顔も可愛い。

「佐藤《さとう》さん、どうしたんですか？　制服じゃないんで気づきませんでしたよ」

「ええ、実は警備対象が本社だけじゃなくなりまして。外出する社員のみなさんも警護するようにと指示を受けたんです」

周りを見回すと今日の咲は一人のようだ。上司や同僚の邪魔はない。

「そうなんですか。でもうちの社員一人ひとりを警備したって仕方ないんじゃないですか？　大変だしそんなに意味ないですよ」

まさかテロの脅迫があったとは言えない。

「まあそうなんですけどね。もちろん社員それぞれじゃありません。オリンピックも近いし社員のみなさんが出向きそうな施設を見て回るんです」

少し不審がっているものの根が素直な咲は納得したようだ。

「実は、当分咲さんについていきたいんですが、いいですか？」

「私は構わないですけどよろしいんですか？」

「もちろん。知り合いは咲さんたちくらいですし、社員の方についていったほうが施設のチェックにはもってこいですからね。警備車両でお送りしますので」

「ホントですか！　嬉しい。荷物が多いんで助かります！　下っ端は営業車を使えなくて電車回りだったんですよ」

「そうですか。少しは役に立ててよかったです。どこに行きます？」

「じゃあお言葉に甘えて。まずは――」

トランクに咲の荷物を押し込めると、二人を乗せた自動運転の車は目的地に向かって滑り出した。


臨海ビジネスエリアを出た車はスムーズに北上した。外苑口で首都高を出るともうそこが目的地である。

平日の午前中だというのにあたりはどことなく慌ただしい。一ヶ月半後の一大イベントを前に国内外から多くの人が集まっていた。だだっ広い駐車場に車が駐《と》まると咲の荷物を半分持つ。「ありがとうございます」と言う咲に手振りで答えて外に出ると、目の前に巨大なシルエットが迫っていた。

「ここが国立競技場。オリンピックのメインスタジアムです」

ずっと都心にいるのに健もそれを見るのははじめてだった。運用部モニターごしとはいえ迫力が伝わってくる。特に指示を出さなくても四号はスタジアムを見上げて感嘆の声を上げていた。

「少し古いけど、それでもまだ国内最大のスタジアムなんですって」

何も知識のない四号に咲が歩きながら説明してくれる。近づくにつれてその威容《いよう》はさらに迫力を増してきた。

巨大な卵形のシルエットは、外観は格子状の木材で組み上げられている。建設当初は美しい白木だったらしいがいまでは黒く沈んでいた。ただ汚いというのではなく見方によっては古刹《こさつ》のような風格が感じられる。初代の国立競技場は前世紀の半ばに建てられたが、二回目のオリンピック開催にあわせて建て直された。それからすでに半世紀近く経っているが、収容人数としても堅牢さにしても今回建て直す計画はなかったらしい。

「東京は長いけどはじめて来ましたよ。やっぱり近くで見るとすごいですね」

「あ、でも今日はこっちじゃないですよ。サブトラックに行きます」

咲はそう言って隣にある施設に向かいはじめた。メインスタジアムの隣にあるから見劣りしてしまうが、サブトラックと言ったってここだけ見ればそれなりに豪華だ。数千人は入りそうな客席はあるしトラックも本格的だ。中は芝が綺麗に整備されサッカーやラグビー場としても使えるようになっている。

鉄筋コンクリート二階建ての管理棟に寄り受付で身元と来意を告げる。受付カウンターに座る初老の警備員とは面識があるのか、咲は笑顔で冗談を交わしている。二人分のゲスト証を受け取り四号にも渡してくれた。咲に倣《なら》い首から下げる。

蛍光灯に照らされたロビーを抜けて外に出ると、久しぶりの夏の日差しに照らされたスタジアムが広がっていた。

「おはようございます!」

外に出た咲はトラックに向かって一礼すると大きな声で挨拶をする。それを聞いてトラック脇のベンチに座っていた中年男性が手を挙げた。

「おお天野ちゃんか。こっちこっち」

背が高く細身の男性がTシャツにジャージ姿で手招きしている。Tシャツの胸に『JAPAN』の赤い文字がプリントされていた。

「今日は部下を連れてのお出ましか。偉くなったたな」

男性が四号を見ながら咲をからかう。日焼けした彫りの深い顔は精悍《せいかん》でいかにも現場指揮官といった雰囲気だ。

「いえ部下なんてとんでもない。こちらうちの警備を担当してくれてます佐藤さんです。今日はスタジアム警備の視察にこられたんですよ」

「ふーん」

なんで警備員と天下のアテナ社社員が一緒にいるのか不思議がっているのだろう。陸上長距離女子日本代表監督だと咲が教えてくれた。

「佐藤です。突然お邪魔してすいません。少しグラウンドを拝見させてください」

監督はあからさまに不審な目つきで四号を舐《な》め回すように見たがそれ以上つっこんでくることはなかった。どうやら年甲斐もなく咲に気があるらしい。

「それより天野ちゃん、例のもの上がった？」

「もちろん、持ってきましたよ」

咲はそう言うと、手にした紙袋を床に置いて中からいくつかの箱を取り出した。鮮やかなレモンイエローの箱にはアテナ社のロゴ・ギリシャ女神のシルエットが浮かんでいる。蓋を開けると中から箱と同じ色のスニーカーが姿を現した。目の前に同じデザインのスパイクを三足並べた。

「武見《たけみ》選手の足型で造ったスパイクです。ソールのクッション性とホールド感を微妙に変えてます。大会直前のこの時期にあまり大きな変更はしないほうがいいでしょうから、私はこれをお勧めしますね」

そう言って咲は左端のものを手にした。モニターごしの健にはどれも同じに見える。

「ちょっと触ってみてもいいですか？」

好奇心に駆られて健はインカムに向かって言ってみる。監督は一瞬不快そうな表情を浮かべたが、咲が彼より先に「どうぞ」とシューズを差し出した。

四号が手を伸ばしつまみ上げる。遠隔操作している健に〝重さ〟は伝わらないが、随時送られてくる四号の総体重を見て驚いた。シューズを持つ前とわずか百グラムしか変わっていない。

「ものすごく軽いんですね。びっくりしました」

健の驚きを感じ取り四号が感想を漏《も》らす。

「そうなんです。秘密は我が社が開発したアッパー素材で、従来のナイロン繊維より五十パーセントもの軽量化と百二十パーセントの強度を実現しました。素材はカーボンですが製法は企業秘密です。というか下っ端の私は知りません」

会社の商品を褒められたのが嬉しいのだろう。説明する咲の様子は生き生きしている。本社で時折見かけるだけでも健にとっては新鮮だったのに、こうして外で仕事をしている姿に驚いた。知らないうちにずいぶんと大人になっている。運用部の席に一日中座りっぱなしで、モニターとインカムに向かって指示している健のほうがよっぽど世間知らずかもしれない。

そこへ、もういいだろうと言うように監督の大声が轟《とどろ》いた。

四号の手からシューズを取り返すとトラックに視線を向ける。

「武見、ちょっと来い」

ユニフォーム姿でトラックを周回する集団に監督がベンチから声を掛ける。すると集団の先頭を走っていた小柄な女性が脚を止めてこちらにやってきた。

「武見、アテナ社が本番用のシューズを持ってきてくれたぞ」

そう言って手にしたシューズを差し出す。

「ご無沙汰してます」

咲がそう言って頭を下げたが、武見という選手はそれに応えることもなく監督から渡されたシューズを見回していた。もちろん四号には視線すら寄越さない。

ずいぶん不愛想な人だな……

そう思いながら健は様子を見ていたが、その選手の顔で思い出した。

そうだ。アテナ社本社のメインロビーにどでかく掲げられたポスター。そこに写っている金メダル候補の陸上選手こそ目の前にいる武見結花《ゆか》だった。スポーツにあまり興味のない健でもそれくらいは知っている。アテナ社所属であり今度のオリンピックで金メダルを期待されている有望株だ。ＣＭにもいくつか出ている。営業の咲にとってはもっとも大切にするべき相手だろう。

ひととおりシューズを眺めた武見が監督にそれを返す。

「それ、やっぱり履かないとダメですか？」

「何言ってんだ」

武見が軽く両手を広げる。さも興味なげな口ぶりだ。

「どうもこのシューズしっくりこないんですよね。メビウスが試作品を持ってきたんですけど、私にはそっちのほうが合ってるみたい」

「いまさらそれはできないだろう。お前はアテナ所属なんだし」

「それは監督の希望でしょ。私はむしろメビウスと契約したかったんですよ。なのに無理やり……」

メビウス社も世界的なスポーツメーカーで、多くのスポーツでアテナ社と競合するライバル会社だ。

「まあまあ、天野君の前でそんな話はいいじゃないか」

武見の不愛想な反応に慌てて監督がとりなす。

二人のやり取りを聞いていた咲が雰囲気を変えようと口を開いた。

「武見さん、このシューズぜひ履いてみてください。うちの技術部が精魂込めて造っり去った。

武見はそれだけ言い残すと、シューズを箱の中に放り投げてトラックに向かって走

「あとで履いとくわ」

た武見さん専用の実戦モデルです」

「こう言っちゃなんですけど、きつい人ですね」

帰りがけ、車に戻る途中に健は咲につぶやいた。

咲は四号をちらっと見てため息をひとつつく。商品を売り歩く営業は良いときもあれば悪いときもある。いつも好意的な客ばかりじゃないだろう。大企業とはいえむしろ悪いときのほうが多いのかもしれない。つれない応対にいちいち落ち込んでいられないのも分かるが、経験のない健には咲がかわいそうでならなかった。

「仕方ないですよ。あっちは金メダル候補で私はメーカーのいち営業ですからね」

「それにしたって……」

だだっ広い駐車場にはさっきよりも車が多く混んでいる。そのほとんどがマスコミのようだ。両手に荷物を抱えて歩きながら咲がぽそりとつぶやいた。

「実は私、結花……あ、いや、武見選手とは元チームメイトなんですよ」

「え？」

咲が陸上をしていたのは知っている。大学まで陸上部に所属して頑張っていた。種目は一万メートル。駅伝にも何度かチャレンジしたことがあるらしい。とはいえあくまでも学生の部活で、オリンピック選手と同じチームだったなんて思わなかった。

驚く四号の顔を見て咲がさらに話してくれた。

「とはいってもその頃大学は三流の陸上部でした。大きな大会で優勝するような選手はいなかったんです。それでもみんな走るのが好きでした」

「なんでそんなところに武見さんが？」

「彼女ももともとソフトボールの選手だったんですよ。ただなかなか芽が出なくて大学二年のときに陸上に転向したんです。そしたら一気に活躍しはじめたんですよね」

車に到着してトランクに荷物を詰める。四号はハンドルを握りながら助手席に座る咲に話の続きを促した。

「ソフトボールにすごいこだわりを持っていたんで転向したときはとっても落ち込んでたんです。チームのみんなで励ましました。でもマラソンで注目されだすと人が変わったように自信を持つようになりましたね」

「見てれば分かります。態度大きかったですもんね」

咲の元チームメイトとはいえ思わず悪態《あくたい》が口をつく。

「悪く言わないでください。世界で戦うにはあれくらいじゃないとダメなんですよ」

「でも咲さんはどうして陸上をやめたんですか？」

当の咲にたしなめられたけれど健の悔しさは晴れない。あんな選手より咲に活躍してほしかった。

「好きなことと才能は別なんですよ。私、才能なかったんです」

「そんな」

「大学を卒業しても実業団で走り続けたかったんですけど、あまりの才能のなさに諦めました。ただこれまでの経験を活《い》かしたかったんで、今度は選手をサポートする側になろうと思ったんです」

「それでアテナ社に」

「ええ」

健の知らなかったことが次々に出てくる。咲のことなら何でも知っていると思っていた健がバカだった。陽一郎《よういちろう》と疎遠になっていた間にそんなことがあったなんて。

それにしてもサポートする側に回りたいとは咲らしい。健なら夢破れた陸上になんて絶対かかわりたくないだろう。

「会社は結花の元チームメイトという理由で平社員の私を金メダル候補の営業担当につけたみたいです。ただ さっきのとおりです。あまり上手くいってるとは言えませんね」

「でもどうしてなんですか？　咲さんにあてこするようなことまで言って」

「一流選手の繊細な感情ですかね。特に大きな大会が控えてますし。気の強いところはありましたけどもともとってもいい子なんです。さらに上を目指すためには弱さは押し込めないといけないでしょ？　昔の弱さを知っている私には会いたくないのかもしれません。会えば昔を思い出しますから」

運転席のモニターでは時計がちょうど正午を告げていた。

「さ、お昼食べたら次に行きましょう。私の担当は陸上だけじゃないですから」

元気を振り絞り咲が顔を上げる。

陸上への想いやアテナ社への入社理由など、咲の頑張りを知って健はいままで以上に彼女を応援したいと思った。

22

咲の仕事についていくようになってから一週間が過ぎたこの日、ついに梅雨が明けた。

これまでの雨雲が嘘《うそ》のように空は蒼々《そうそう》と晴れている。日差しは比べようもなく強くなったが湿度が下がった分過ごしやすい。

この一週間咲の部下のように同行して仕事を見て回った。

初日に行った国立競技場はもちろん、各競技団体の事務所、大学や実業団チームの練習場など、首都圏を中心にかなりの範囲を移動して回る。その先々で戦いに臨む選手たちを支えたいという咲の想いを何度も実感した。咲は本当にスポーツが大好きなのだ。いや、スポーツの競技そのものというよりそれに賭ける選手たちに惚れているといってもいいだろう。

「今日はどこに行くんですか?」

朝一で車に乗り込み助手席の咲に聞く。咲はまるで健が運用部モニター前でインカムに向かって語るように、自ら運転席のマイクに向かって口を開いた。

「桃花《とうか》大学吉祥寺キャンパスに」

オリンピック会場がひしめく東京湾岸地域を離れて、車は首都高から中央自動車道を抜けて吉祥寺に向かった。

インターを出て十分ほど走ると都心とは思えない木立が見えてくる。塀沿いに走らせて正門から中に入ると、そこが桃花大学吉祥寺キャンパスだった。

明治の頃に創立された東京屈指の名門大学だが最近はむしろスポーツ競技での活躍で有名だ。ラグビーは昨年全国制覇を成し遂げているし女子ソフトボールも有名だ。陸上はそれらに比べれば知名度は落ちるが、最近はOBの活躍で人気が高まり実力を上げている。

そのOBこそマラソンの武見選手だった。桃花大学は武見と咲の母校である。在学生にもオリンピックに出場する選手が何人かいたが、中でも咲の目的は陸上部だった。

大学はすでに夏休みである。午前中のキャンパス内を歩いてもちらほらとしか学生を見かけない。

ところが校舎を抜けてグラウンドに出てみるとそれまでとは一転して熱気に満ちていた。サッカー部が練習する周りを陸上の選手たちがものすごいスピードで走り抜けていく。

「野々村《ののむら》監督、お久しぶりです」

トラックのそばにジャージ姿で立ち、首から下げたストップウォッチを睨《にら》む男性に咲は声をかけた。

「おお、天野か。元気そうだな」

「監督もお変わりなく」

「オリンピック前だからな。みんなピリピリしてる。今日はどうした?」

「サポートしてる選手の様子を見にきたんですよ。あ、あと監督に会いに」

「とってつけたように言うな、バカ」

四号はなるべく仕事の邪魔にならないように後ろに控えていたが、咲が律儀《りちぎ》に紹介してくれた。この間の日本代表監督と違って四号にも丁寧に挨拶してくれる。それだけで健は好感を持った。親しげな様子からして咲が在学中からこんな雰囲気なのだろう。咲が懐《なつ》くのもうなずける。

練習が一段落したところで咲が選手たちに近づいていく。滴り落ちる汗をタオルで拭く選手たちから「先輩!」という叫び声が聞こえてきた。女子中長距離の選手のようだ。

咲が社会人二年目だから四年生のときに一・二年だった子たちが三・四年になっている。一緒に練習した仲間は何年経っても仲がいい。メーカーの営業やOBというより単なる友達のようだ。

口下手な健には四号を彼女たちの輪の中に入れる勇気はない。自動対応モードにすれば四号はバカな質問をするだけだし、女子大生と会話が弾むとも思えない。

ところがめざとい学生が四号に気づいた。

「ねえねえ先輩、あれ彼氏?」

その一言で咲を囲んでいた学生たちがいっせいに四号を見る。その場にいるわけじゃないのに健のほうが緊張した。

「バカ、仕事で来てるのに彼氏のはずないじゃん」

「分かんないよお。一緒にいたいからついてきたのかも」

誰かのからかいにいっせいに笑い声が上がる。

「あの人は佐藤さん。うちの会社の警備を担当している人でね。オリンピックの警備もするんだって」

「へえ警備員か。なんかそんなふうに見えないね。若いしイケメンじゃん」

強豪陸上部の選手とはいえそこは二十歳そこそこの学生だ。練習に打ち込んでいる分忙しくて恋愛をしている暇もないのかもしれない。久々にグラウンドに現れた若い男に興味津々《しんしん》だ。こうなると四号はもう生贄《いけにえ》のようなものである。健はモニターごしであることに心底ほっとした。

「そうだ、佐藤さん、たしかアメフトしてたって言ってましたよね」

咲が四号に向かって声を上げる。ちょっとちょっとと手招きした。

仕方なく四号を向かわせるが学生たちはその様子を見守っている。百八十センチを超える身長と精悍な顔つき。それにチャラい服装をせず清潔でシンプルな雰囲気は彼女たちのお眼鏡に適ったようだ。

「ねえ、せっかくだから先輩も佐藤さんも少し走っていきません？」

どこからともなく声が上がる。

「いや、僕は」

「大丈夫。着替えなら部室にあるし佐藤さんのも男子のを借りられますよ」

仕事中にランニングなんてしていられない。あくまでも四号の仕事は警備だ。ところが、助けてくれと咲を見るともうジャケットを脱いでいる。まんざらでもないどころかやる気満々だ。

「ちょっと走りますか。佐藤さんもたまには学生と一緒に汗流しましょうよ。ストレス解消に良いですよ」

咲の掛け声を聞いて輪の中にいた学生が部室に走っていく。様子を見守っていた監督も近づいてきてはやし立てた。すぐに戻ってきた学生の手にはランニングシャツと短パン、それにシューズが二人分握られていた。

「咲先輩アテナ社だもんね。一応御社のもので揃えておきました」

「生意気言ってんじゃないの」

咲は後輩の頭を軽く叩きながら練習着を受け取る。仕方なく四号も彼女に倣って受け取るとトラック脇のトイレで着替えた。

その場の流れでアメフト経験者などと言ったが、ついこの間製造された四号が経験者のはずがない。もちろん健だって素人だ。なんとなくカッコよさそうだからと口から出まかせを言っただけである。

　それでもこうなったからには仕方ない。四号はロボットだから疲れることはない。バッテリーが切れるまで走り続けることはできる。身体は普通の人間より重いけどなんとかなるだろう。

　覚悟を決めてトイレから出ると、すでに咲は着替えを済ませて学生たちと一緒に準備運動をしていた。

　その姿に健の目が釘づけになる。私服かスーツ姿しか見たことがなかったからランニングスタイルは新鮮だった。短パンから伸びた脚はスラッと長く引き締まっている。二年前まで現役だったんだから当然かもしれない。

「佐藤さん、なに先輩に見とれてんですか？」

　さっき会ったばかりだというのに学生たちは遠慮がない。もう四号に懐いてつっこんできた。凝視していたことに気づいて慌てて視線を逸らす。それを聞いて咲は少し頰《ほお》を赤らめていた。

「久々なんだからちゃんと準備運動してくださいね。怪我《けが》でもされたら私の責任ですから」

　照れなのかいつもより咲の言い方が厳しい。言われるがままに屈伸をしていると監督がストップウォッチを持って促した。

「じゃあ、お前らはラストのメニューな。五千メートル一本いくぞ。天野と佐藤さんも彼女たちと一緒に走ってください。完走する必要はないですから自分のペースでやってくださいね」

「ありがとうございます」

準備運動が終わりスタートラインに学生たちと一緒に並ぶ。街中で暴漢を追いかけたことはあるけれど警備ロボットを五キロも走らせたことはない。スポーツに縁のない健はスタートラインに立つと練習とはいえ妙な緊張感を覚えた。適当に走ってある程度のところでやめるとするか。

そんなことを考えていると監督が手を叩いて合図する。その瞬間学生たちがいっせいにスタートした。

健はとりあえず咲の後ろについていくように四号に指示する。四号は重いボディをものともせず軽快に咲についていった。

女子とはいえ強豪陸上部だけにものすごいスピードだ。さっきまでのふざけた雰囲気は消し飛び、みな真剣な表情で走っている。モニターごしに見ていた健は流れていく景色とヘッドフォンから聞こえてくる風の音を聞いていて、なんとも言えない爽快感に浸っていた。

自分で走っているわけじゃないけど走るのを咲が好きな理由が分かる気がする。実際に走ればその気持ち良さはひとしおだろう。

踏み出すたびに足の裏から伝わる心地よい衝撃、鼓動に合わせるように繰り返される呼吸、風の冷たさ、迫るゴール、そして声援……

いつの間にか健もランナーになりきって四号を走らせ続けている。そんな四号に気づいて咲がちらちらと見ていた。

咲は咲で久々とは言いながら軽快に学生たちについていく。四百メートルトラックだから五千メートルだと十二周半だ。すでに半分を走ったがまだ現役生に後れを取る気配がない。どうやら完走する気らしい。

「佐藤さん、結構やりますね」

走りながら咲が四号に話しかける。

「ええ、一応運動部でしたし……」

ＡＩロボットなんだから走れるのは当たり前だ。走るのが新鮮だったのもあるが、ただ単に咲の前で格好つけたいというのもある。

「じゃあ、競走しません？」

「競走？」

「どっちが先にゴールするか。私が勝ったらご飯ご馳走《ちそう》してください」

「僕が勝ったら?」

「何でも一つ言うこと聞きますよ」

咲はそう言った瞬間急にペースを上げて学生たちの先頭に躍り出た。

風の音に紛《まぎ》れて聞きづらく一瞬空耳かと思ったが、どうやらそうではないらしい。言葉の意味を理解した健に火が付いた。何が何でも勝つしかない。

「四号、聞いてたか。バッテリーにはまだ十分余裕がある。帰ったらしっかりメンテしてやるからフルパワーだ!」

健は静かな運用部オフィスの中で一人興奮しながらインカムに叫んだ。

その瞬間四号もペースを上げはじめる。指示を受けたときに迷惑そうな顔に見えたのは気のせいだろうか。身体が大きい分迫力満点な動きで学生たちを抜くと、先頭の咲の背中にぴったりついた。

咲と四号は並びながらレースの後半を走り続ける。現役生にとっては長い練習の挙句のラストのメニューだ。当然疲れているからいつもよりスローペースだ。とはいえ現役は現役。まさか一線を退いたOBと素人に負けるはずがない。

ところが現役生は二人のペースについていけなかった。どんどん差が開く展開にトラック外から監督の檄《げき》が飛ぶ。彼女たちの間でもざわめきが起こっていた。

「ちょっと何なのあの二人……」

「めちゃめちゃ速くない？」

そしてついにラスト一周。咲がラストスパートをかけてきた。この走りからして彼女が引退後も走っているのは間違いない。そういう四号もその咲に離されないように食いつく。

あまりぶっちぎっても怪しまれるので、いままで咲の後ろを走っていたがもうそろそろいいだろう。

「四号ラスト、フルスピードだ！」

その瞬間、四号の身体が咲をかわして流れるようにゴールに突き進む。

咲は呆気《あっけ》にとられてただ四号の背中を見つめるしかなかった。

ゴールで待っていた監督が四号のフィニッシュと同時にストップウォッチを止める。表示されているタイムを叫んだ。

それは冷やかし参加のレベルじゃない。

咲もその場にいた選手も監督もただ唖然とするばかりだった。

「めちゃめちゃすごいじゃないですか。女子のオリンピック選考基準超えてますよ！」

全員がゴールしたあとで四号は部員たちに囲まれた。

「咲先輩も速かったですね。今も走ってるんですよね」

「まあね。休みの日に自宅のそばをジョギングしてる」

「そんな、謙遜しないでくださいよ！　ジョギングなんて生易しい感じじゃないでしょ」

「それにしても佐藤さんはすごいな。これまで陸上の経験ないんでしょ？」

「ええまあ……」

監督が目を丸くして見つめてくる。学生たちもさっきまでの興味本位の視線からガラリと変わっていた。

またやっちまったっ！

街のパトロールのときもそうだが調子に乗るのは健の悪い癖だ。

いくらなんでも素人がオリンピック選手並みに走れるのはまずい。

ちょっとしたことから嘘はバレるものだ。もし四号がロボットだと知られたら……

今度こそ異動どころでは済まないだろう。

「警備員なんてもったいない。いまからでも陸上はじめたら？」

「いえいえ僕なんか。ストップウォッチが壊れてたんですよ」

そんな押し問答《せんぼう》を続ける間も咲の視線をひしひしと感じる。咲は学生たち以上に驚いたのか尊敬と羨望の眼差しに変わっていた。

監督が現役生たちを集めると咲と四号に負けたことを怒っている。さっきまでキャーキャー言っていた選手たちもしおらしく項垂《うなだ》れていた。

「佐藤さん、びっくりしました。まさかこんなに速いなんて」

選手たちの輪から離れて咲が四号に話しかける。

「ぼ、僕も驚きました。走るの、苦手じゃないみたいです」

後頭部を掻《か》きながら適当に誤魔化す。ふと気づくと下を向く咲の顔がほんのり赤くなっていた。

そうだ。健も走りながらした約束を思い出す。咲はとんでもない要求をされたらどうしようと思っているのだろう。

「約束は約束です。佐藤さんの言うこと何でも一つ聞きますよ」

恥ずかしそうにつぶやいた咲に健は迷うことなく口を開いた。

「じゃあ、僕とデートしてください」

その瞬間咲は目を見開いて驚いていたが、顔をさらに上気させてうなずいた。

23

三日後、四号はネズミのキャラクターで有名な遊園地に来ていた。

約束したあと咲の休みを待って日曜日にやってきたのだ。

もちろん本当ならこんなことで四号を出動させてはいけないが、『休日出勤するアテナ社の社員を警護する』という名目にしたのだ。都合のいい言い訳だけど『特殊任務』だからかまわない。

桃花大学で走った日の帰り道に咲が四号に携帯番号を訊いてきた。デートの予定を相談するのに必要だと言うのだ。

そう言われればそうだが健は迷った。四号と健はいつもインカムによって無線でつながっている。四号は携帯なんて持たなくてもサーバーにアクセスできるのだ。

とはいえそんなことを咲に伝えられるわけないからとっさに健の携帯番号を教えた。どうせかけてくる友達なんていないし、とうぶん四号に持たせておけばいいだろう。

女の子とデートなんてしたことのない健は悩んだ結果この遊園地に決めたのだった。たしか小さい頃、咲は陽一郎に行きたいとせがんでいたような気がする。大人になってもメルヘン好きな性格は変わっていないだろう。

そして今朝、ずいぶんと早くに目を覚ました健はセキュリティカードを使ってスタッフ専用口から研究所に入った。ロボット警備プロジェクトは三百六十五日二十四時間休むことがないため運用部オフィスには日曜でも人はいる。しかし平日に比べれば圧倒的に少ない人数だ。当然辻課長の姿は見えない。

すぐに四号を車で急行させると、約束より三十分も前から最寄り駅の改札前で待たせた。

四号の服装はおかしくなかっただろうか。髪形も大丈夫か。

いや見た目はともかく、今日の会話はすべて健にかかっている。

咲を楽しませる話ができるだろうか。

待ちながらあれこれ考えるのだが緊張で落ち着かない。

まだ朝の十時前だというのに開園と同時に入園したい人たちであたりはすでに混雑している。気がつけばそのほとんどがカップルで、手をつないだりして仲良く遊園地の正門に向かって歩いていた。

あんなふうになれるだろうか……

「おはようございます」

とそこに雑踏の中から急に咲が現れた。

「おはようございます」

「すごい人ですね。どこにいるか分からなかったからさっき電話したんですけど、会えてよかった」

慌てて携帯を見ると確かに着信履歴があった。

「すいません、気づかなくて」

「そんなことで謝らないでくださいよ。それより早く行きましょ。久しぶりなんでとってもワクワクしてるんです。私がこの遊園地好きってよく分かりましたね。轟さんとかから聞きました?」

「あ、うん……いえ」

知っていたとは言えない。

「なんとなく好きそうな気がしたんですよ」

「へえ、すごい。学生時代は大好きで半年に一度は来てたんですけど、働きはじめたらさすがにね。佐藤さんは?」

「あ、実は僕はじめてなんですよ」

「ホントですか? じゃあ私が案内しますよ。いろんな楽しみ方がありますから期待してくださいい」

「はい」

冒頭からエスコート役が入れ替わってしまったけど仕方ない。いつにない咲の楽しそうな顔を見てモニター前の健は思わず頬が赤くなった。

「次はこれに乗ろう!」

そう言って咲が四号の袖を引っ張ったのは、ジャングルの中を二人乗りの小舟で探検できるアトラクションだった。小舟といってもレールにつながれた乗り物で、すべて遠隔操作されている。

この遊園地は魔法でネズミにされた人間が次々に襲いかかる敵を倒して元の人間に戻してもらうという有名な童話がもとになっているのだが、このアトラクションはその〝敵さがし〟がテーマになっているらしい。

朝からもうどれくらいの乗り物に乗っただろう。大混雑なのでどれも一時間以上は並ばなければいけない。それでも広大な敷地内をあっちこっちと引っ張り回されてすでに五個はクリアしていた。六個目のこれはそれほど並ぶこともなくすぐに四号たちの順番になった。

雰囲気を出すためにスタッフからサファリ帽を渡される。足元にはなぜかビニールシートが丸まっていた。

これは何ですか？　と訊いたが、咲はニヤニヤしながらまああと答えてくれない。スタートと同時に川の沿岸の森の中から色鮮やかな鳥や獣たちが唸《うな》り声をあげて脅してくる。そのたびに舟は大きく揺れて咲が四号にしがみついてきた。叫び声をあげてはいるが笑顔で溢《あふ》れている。

モニター画面いっぱいに咲の顔が映っている。健は景色なんてそっちのけでずっと咲を見ていた。

「よくそんなに平気な顔してられますね！」

舟首が大きくせり上がり波しぶきが顔にかかる。目の前の水面から伝説の巨大魚が姿を現したという設定のようだ。「佐藤さんも手伝って！」と言いながら咲は備えつけられた舟のオールで必死に巨大魚を叩いていた。正直、機械仕掛けの魚にそんなことしていいのか不安だったが、健は四号に咲の言うままにするよう指示した。ただしあくまでも壊さないくらいの力で。

半日が経って明らかに二人は打ち解けている。咲の口調にしたってそうだし笑顔も多い。賭けに勝ってデートに持ち込んだがもしかしたら脈ありかもと思わせる。

仕事のときとは違って今日の咲は本当に楽しそうだ。子どもの頃のことが甦る。艶《つや》やかな頰は少しだけ上気している。咲が笑うたびにサラサラの髪が揺れていた。

ところが四号から送られてくるめちゃめちゃに揺れた景色を見ながら、健の心にジワリと嫌な感情が広がった。

その気持ちの正体を探ろうとした矢先に「広げて！」という咲の声が聞こえてきた。なんのことか分からずに慌てていると、舟は滝つぼに滑り落ちて着水と同時にこれまでで最大の波が被さってきた。

四号は頭から水を被ってビショビショになっている。その横で咲は足元のビニールシートを器用に広げて上手く難を逃れていた。

「だから広げてって言ったのに……」

ずぶ濡れの四号を見て咲がごめんねとつぶやく。

「このためのシートだったんだね」

いまさらながら開いてみるとなぜか四号のシートだけ大きな穴が開いていた。

「開いてても同じだったね」

健がそうつぶやいたとたん二人の笑い声がインカムから漏れるほどの大きさで響いてきた。


二人はそのあと、お腹が減ったのと服を乾燥させるために食事をすることにした。お菓子をつまみながら遊び続けお昼もまともに食べていない。四号はともかく咲はお腹が空いただろう。すでに陽は傾きはじめていたからランチというより早めの夕食だ。相談して、ここのシンボル的な建物であるマウス・キャッスルが目の前に望めるテラス席でイタリアンを食べた。

食べているうちに早くも四号の服は乾いてきた。人間であれば確実に風邪を引いているところだ。

普通ならここで雰囲気良くお酒でも飲んでおしゃべりしたいところだったけど咲は一気に食事を済ませた。

「クライマックスに、一番乗りたかったやつに行きましょ！」

慌ただしく連れていかれたのは園内ナンバーワンの絶叫系だった。

長蛇の列ができているこの乗り物は物語の最後でラスボスとの闘いを再現したものなのだ。当然園内でも一番人気である。

「私こういうの大好き。最高記録は一日で十回乗ったんだ！」

「何時間かかるの？」

「ご飯以外は朝から帰りまで、ずっとこれに並んでましたね」

「好きすぎでしょ！」

健がつっこむと、咲はコロコロと笑う。

「佐藤さん、絶叫系大丈夫？」

健たちの番が迫ってから咲が訊いてくる。いまさら？　と思いつつ「大丈夫ですよ」と答えた。四号はロボットだから〝恐怖心〟はない。まして高所恐怖症のはずもなかった。むしろ錆《さ》びるしショートするからさっきの水のほうが恐ろしい。

「頼もしいですね。でも気をつけてね。はじめての人はたいていビックリするから」

さらりと咲に脅される。そうしているうちに順番が回ってきた。運よく先頭の席に並んで座ると安全バーが下りてブザーが鳴り響く。

と次の瞬間ものすごい加速でスタートした。

あまりの衝撃で四号の頭が後ろに押しつけられる。モニターの数値にこそ表示されていなかったがすごいGがかかっているのは間違いなかった。

おいおい宇宙飛行士の訓練かよ。健がそんなことを思っている間にもマシンは速度を上げて突き進む。天地左右が目まぐるしく入れ替わる。モニターを見ている健ですらなにがなんだか分からなくなってきた。マシンに乗っている気分になり目が回る。

それでも横を見ると咲は両手を挙げて絶叫と笑いの交じった声をあげていた。

そしていよいよラストである。いままでのスピードが嘘のようにスローになったマシンはカタカタと急勾配を登ってゆく。みるみる視線が高くなり遊園地の敷地がすべて見渡せる高さにまでなった。二人は先頭だからレールの先が丸分かりである。登り詰めた先のレールは一瞬視界から消え失せそこからほぼ真下に落ちていた。

「ここがファンの間で有名なフリーフォール」

「フリー……。ただ落ちるってことじゃん」

四号のひきつった声を聞いて咲がクスッと笑った。

「地上五十メートルあるんだって。楽しんでね――きたきたきたっ！」

ところが咲と四号の乗る先頭がちょうど頂上までたどり着いたところで、ガクンという音とともに動かなくなった。こんな演出なのかなと思ったがどうも様子がおかしい。

「どうしたんだろう。いままではこんなところで止まらなかったけど……」

乗り慣れている咲がつぶやいた。一分も停止しているとさすがに不安がこみ上げてくる。後ろの乗客たちもざわつきはじめた。

「ちょっと、これ故障なんじゃないの？」

「こんなところで止まっちゃって、どうするつもりよ。降りらんないじゃん」

隣の咲もさすがに不安そうだ。

「どうしたんでしょうね」

「大丈夫。こういうときは慌てず係の人の指示を待ちましょう」

せっかく楽しかったのに最後の最後でついていない。ただこういうトラブルに関して四号と健はある意味プロだ。直後、健のモニターが真っ赤に点滅して『緊急事態発生』の文字が浮かんだ。以前のようにくだらない問題であってほしいと願ったが、詳しい情報を知って健の緊張が一気に高まった。

健は四号の視界モニターを小さくして代わりにニュースを付けた。ちょうど夕方の情報番組の最中でどこかの街の上空からヘリコプターで中継している。緊迫したレポーターの声を聞いて悟った。それはまさに四号たちがいる遊園地の上空だった。

「四号、八時の方向を見てくれ」

健の指示に四号はマシンの中で身体をよじる。送られてきたのは遊園地敷地内の北側隅。森に囲まれて一般客の目にはつかないようになっている無機質な建物だった。すぐに健が調べたところあれは変電施設らしい。アトラクションで使う膨大な電力をあそこで全部コントロールしているのだ。

そこからもうもうと黒煙が上がっている。さらに次の瞬間ドンという爆発音とともに火の手が上がった。

ニュースでは四号とは別の角度からの映像が流れている。興奮したレポーターからは『テロ』という単語が聞こえてきた。

「佐藤さん、あの煙……止まってるのと関係あるのかな?」

「どうでしょうね。もしかしたらすぐには復旧しないかもね」

本部からの情報でもテレビニュースと同様にテロの可能性を告げている。こんなときむやみに不安がらせてもしょうがないが、楽観視させすぎてもよくはない。眼下を見ると来場者は早足に変電施設とは逆にある施設出入口に流れているようだ。若干パニック気味になっているのかもしれない。

この遊園地に来てからの半日間ずいぶんと四号を歩かせたが、テロ容疑者探索機能が反応することはなかった。

振り返らせると頂上付近で停止したままのマシンには全六列十二人の人が乗ってい

る。ほとんどが若いカップルだが四号たちのすぐ後ろは若いお母さんと九歳くらいの女の子だった。こんなところで止まってしまって恐怖で泣き叫んでいる。

「ママ、怖いよ！」

「大丈夫よ。もうすぐ動くからじっとしてなさい」

そう言う母親の顔も恐怖でひきつっている。

その会話を聞いていた咲は、上半身をよじって女の子のほうを向くとポケットから何かを取り出した。

「これ、さっきお土産に買ったチョコレート。これでも食べて待ってよ。お名前は？」

「カレン……」

「可愛いお名前ね。機械のご機嫌がちょっと悪いけど、いま係の人がお話を聞いてあげてるからもう少しで直ると思うわ」

そう言って咲が笑顔を見せると女の子はチョコレートを口に入れながらうなずいた。

自分だって怖いはずなのに咲はすごい。四号でなくて自分が乗っていたらこんな余裕はないだろうと健は思った。

とはいえ咲が女の子に言ったとおりこのまま待ち続けていいものだろうか。もし事故でなく事件だったら危険な状況であるはずだ。

大人だけならともかく子どもがいるなら仕方ない。健は意を決して四号に告げた。

「四号、お前高いところ平気だろ？　自力で降りて操作室を見てきてくれ。電力が止まっているならお前のバッテリーをつないでマシンを下まで降ろしてくれよ」

隣には咲がいる。口に出せないので四号は『了解』という文字をモニターに送ってきた。

「え？　そんなの無理ですよ。地上五十メートルですよ」

「咲さん、僕ちょっと下に降りてきますよ」

「大丈夫。こういう訓練もしてますから」

ただの警備員がそんなわけないだろ。

健は内心つっこみながら咲に説明を続けた。

変電所の火災で電力の供給が止まっているから動かないのだろう、自分が様子を見てくると説明した。四号を生身の人間だと思っている咲には意味が分からない。行ったところで為《な》す術《すべ》がないじゃないか。そもそもこんなところから降りようなんて正気じゃない。

健自身ならやれと言われても怖くてできないが、四号なら大丈夫だ。安全バーを強引に押し上げると座席の上に立ち上がりマシンの外に踏み出した。

それを見ていた後ろの乗客からも叫び声が上がる。やめなさいという忠告を振り切って四号はレールに手をかけた。

普通なら恐怖で身体がすくんで動けなくなるところだが、四号は無表情で黙々と身体を動かす。格子状に組まれた足組みを一歩一歩、一手一手摑《つか》みながら着実に降りていった。

上から咲の心配そうな声が聞こえていたが、いつしかそれも小さくなり風の音にかき消されてゆく。降りはじめて三十分ほどで四号は無事地上に降り立った。

マシンに乗る前には長蛇の列ができていたというのにあたりはすでに閑散《かんさん》としている。

「君、大丈夫か？」

地上に降り立つなり、警察官が声をかけてきた。爆発現場には多くの警察官と消防車両が駆けつけているようだが、ここには二人の警察官しかいない。発生した直後でまだ手が回らないのだろう。

「無茶なことしちゃ駄目だぞ」

四号が無事だったことに安堵《あんど》しつつ警察官が注意してくる。もちろん現場の彼らは四号がロボットであることなど知るよしもない。

彼らに向かって頭を下げさせて、健は四号を急いで操作室に向かわせた。

中では数名のスタッフが操作盤と格闘している。

「すいません、まだ復旧しませんか？　小さな子どもがいるんです」

「どうしようもないんです。電力がストップしてるので」

まさかマシンから自力で降りてきたとは思われていない。

「お子様がご心配でしょうけど、もうしばらくお待ちください」

子どもの父親と勘違いされたようだ。

「予備のバッテリーは？」

「あるにはありますが爆発の影響で放電してしまって。残量ゼロなんです」

「爆発？」

「ええ。変電所で爆発があったんです」

「予備電源は？」

「その奥です」

手を施せない状況に混乱しているのかスタッフは四号が問うままに答えてくれる。

四号は予備のバッテリーが置かれた部屋に行くと変電施設からつながるケーブルを切った。続けて自分のシャツをたくし上げて背中に手を回す。カチッと横にスライドさせて生体カバーを外した。外見ではまったくロボットに見えないながら服で隠されたここだけは唯一の例外だ。バッテリー交換用に開けられるようになっている。ケーブルを加工して自分のバッテリーにつなぐと健は手元のキーボードを叩いて緊急用のシステムを立ち上げた。

活動中に電源が落ちるようなことを避けるために、警備ロボットは毎日フル充電するし貯めておける電力も相当な量だ。余裕をもって設計されている。

それでも健がエンターキーを押した瞬間、表示されている残量が一気に減ってゆく。八十パーセントを超えていたのがみるみる二十パーセント台にまで落ちていった。

「よし、もうそろそろいいだろう。マシンを下まで降ろせる量だけあればいいんだ」

ケーブルを外して隣の部屋のスタッフに声をかけると、いつの間にか電力が少しだけ回復していることに驚いている。

「また放電しちゃう前にマシンを降ろしてください」

四号がそう言うとスタッフは慌てて操作盤のスイッチを押した。

外に出て見上げるとブンという微かな駆動音とともにマシンが動き出す。コースのラストにさしかかっていたこともあってすぐに操作室前まで戻ってきた。

「咲さん！　無事でよかった」

「佐藤さんこそ。自力で降りるなんて無茶ですよ」

咲はそう言うと目に涙をためて四号に抱きついてきた。よほど怖かったのだろう。嬉しい反面さすがにほっとした気持ちが先に立つ。泣いていた女の子もお母さんと抱き合って喜んでいた。

「でも、どうして動いたの？」

四号にくっつきながら咲が顔を上げた。涙で濡れた顔は安堵と四号への信頼で溢れていたが素朴な疑問が口をついて出た。

「電力がなくなってたんでしょ？」

「予備のバッテリーで動いたんだってさ。僕が降りたらちょうど稼働しはじめたところだったんだよ」

ふうんと咲は言ったが腑に落ちていないらしい。

「まだ何が起こるか分からないし今日はもう帰ろう。お兄さんも心配してる」

変な詮索《せんさく》をされないようにこの場を去ろうと促す。特殊任務であるからには爆発の原因も気になったが、警察はもちろん四号以外の警備ロボットもこの現場にいるらしい。ここは彼らに任せて咲を送り届けよう。

咲を支えながら駅まで歩く。振り返ると、変電施設から立ち上る黒煙が赤く染まった空に浮かんでいた。

プログラム 4

THE SxPLAY（菅原紗由理）/ 僕はロボットごしの君に恋をする

目を閉じてみれば 聞こえるんだ
君の泣いた声 風のはしっこ
通り雨の音
記憶を辿れば そこには君がいた

いつだったかな? ほら、僕の前で
こらえきれず泣いてさ
気の利いた言葉も 言えず渡した花
「ありがとう」って君は 無理に笑って見せた

どうしたなら君を
傷つけないように 抱きしめられるの?
痛みも感情も通り越して
“守りたい”と願う僕がいた

君のそばにいる理由を ここにいる理由を
問いかけて　迷っては彷徨って
寂しげに咲いたワスレナグサに 想いを重ねてみたんだ
優しく笑った君も ふいに笑った君も
きっといつまでも 忘れられないよ
何度迷っても いつか笑い合えるなら
僕は今日の悲しみも　抱きしめたいんだ

いっそほら
目を閉じてみたら まるで心を
無にしたようなロボットにでもなれるかい?
自分でも操れない 初めての気持ちを
君は僕の中に たくさん増やしたよ

心近づくほど 余計に胸は痛み出すけど
後戻りの仕方なんか知らないや
答えなんかとっくに決まってんだ

君のそばにいる理由を ここにいる理由を
追いかけては問いかけた運命
飾らない素直な君の仕草に 答えは見つけていたんだ
それでも君の前じゃ 未だにこうして
立ち尽くすのに精一杯だ
すれ違いながら 軋る時代を跨いで
この気持ちの呼び方を 探しているんだ

苦しいこと 悲しいこと
なんだって 僕は嬉しい
君と作ったものだから
もう全てが愛おしいんだ

君のそばにいることを 考えただけで
なんだか 胸が暖かくて
綺麗に咲いた ワスレナグサに
理由はもう いらないんだ

君のそばにいる理由を ここにいる理由を
考えていたって 時は進んで行く
このぬくもりを 忘れたくないから
今、何より 伝えたいんだ
こんなに想っていても 切なくて
届かないほど 大きくて
笑い合いたいから 生まれ変わって
君をこの手でずっと
この身がなくなろうとも 抱きしめるんだ

僕は
I fall in love with you through a robot
ロボットごしの
君に恋をする

各音楽配信サービスはコチラ

24

「調子はどうだ？」

薄暗い部屋の奥からくぐもった声が聞こえてきた。

「ある意味順調です」

「ある意味？」

「特殊状況に追い込んでバグを見つけては改良を重ねています。バグが見つかれば見つかるほど精度が上がるわけですよ。先日の〝試験〟も非常に有益でした」

奥から聞こえてくる低い声に手前にいる若い男が説明する。

「なるほどね。ならもう完成と考えていいんだな」

「いえ、ここはやはり予定どおりいきましょう」

若い男の提案に奥の男は椅子《いす》に深々と腰をかけて目を閉じた。

「究極まであとわずかです。この試験をクリアしなければ本当に使えるものになるか不安です」

「うむ……。とはいえ実行すれば影響はでかいぞ」

「分かっています。それでもやるべきですよ」

椅子の男はしばらく黙っていたが、意を決してつぶっていた目を開いた。

「分かった。責任は私が取ろう。警察連中には上手いこと言っとくよ。君は思うとおりにやってくれ」

「ありがとうございます。ご英断に感謝します。これで最後のピースがはまりますね。科学の、いや人類の歴史が変わるはずです」

最終承認を取りつけた男は椅子の男にお辞儀すると部屋を出た。

蛍光灯で青白く浮かぶ廊下を歩く。窓の外に見える深夜の空には一筋の飛行機雲が流れていた。

これでいい。

俺の計算が正しければこれであいつはようやく完成するはずだ。

父さん、母さん、ようやく誓いを叶えられるよ。

空を見上げる男の目には夜空よりも深い闇が広がっていた。

25

『見えてきました。最終ランナーの登場です』

実況席のアナウンサーが興奮した声でマイクに叫ぶ。会場にいる人たち、いやテレビを通じた全世界の人々の目が国立競技場メインゲートに注がれていた。

セレモニーは十七時からはじまったのだが、各国選手団の入場がすべて終わるとすでに十九時を回っている。空には星が瞬きはじめていたが、聖火ランナーに注がれるスポットライトはそんな星空をもかき消すきらびやかさだった。

大歓声に手を振って応えているのは前回の東京オリンピックで金メダルを獲った男子四百メートルリレーのメンバーだ。陸上短距離界において日本初の金メダルだっただけに、その後彼らは国民的スターになっていた。すでに還暦を迎えているが日本のファンは往年の姿を思い出して沸いている。四人でひとつのトーチを回し持ちしている。

「見て見て！」

ものすごい勢いで肩を揺さぶり咲《さき》は四号の耳に口元を近づける。国立競技場メインゲート側に設置された関係者席では、歓声のあまりの大きさに間近の声も聞き取りづらかった。

「翼《つばさ》くん、彼らの履いてるシューズとウエア、あれアテナ社のだよ！」

咲は四号にそう言って四号の腕をギュッと摑《つか》んできた。

聖火ランナーは声援に応えながらトラックをゆっくり半周すると、トラック中央に設置された聖火台に近づく。聖火台はもともとある設備ではなく大会のために新たに設置されたものだが、その威容《いよう》は開会式当初から際立っていた。地面から伸びた巨大な柱はゆうに五十メートルはありスタンドの高ささえも超えている。聖火台はその先端に設置されていた。見たところエレベーターのようなものはないしどうやって点火する気だろう。各大会とも開会式の聖火台への点火には趣向を凝らすものだが、この場になっても誰も分からなかった。

観衆が固唾《かたず》を呑んで見守る中で四人の最終ランナーが聖火台の麓《ふもと》にたたずむ。するとそのうちの一人がトーチを地面のくぼみに突き刺して少し離れた。

「どうするんだろうね？」

「ホント。全然分からない」

たぶん状況を見守るほとんどの人がそう思っただろう。全世界を代表した疑問を四号と咲が漏《も》らした直後、なんとトーチそのものが火を噴いた。そして次の瞬間ものすごい勢いで空に舞い上がったのである。

一瞬何が起こったのか分からなかったが、どうやらトーチに空を飛ぶ仕掛けがあったらしい。小型ロケットのように舞い上がったトーチは一筋の雲を残して夜空に消えてゆく。そして次の瞬間、国立競技場上空でひときわ大きい爆発音が轟《とどろ》き群青《ぐんじょう》色の夜空が瞬く間に極彩色《ごくさいしき》の花火で染まった。

「すごい！……」

あまりの美しさに場内全体が息を呑んでいる。

でもまだ聖火台に火は灯っていない――と思った瞬間、上空の花火の中から糸を引くように聖火台へ落ちてくるものがあった。

それは花火の燃えカスでも聖火トーチの残骸でもない。はじめからトーチ内に仕込まれ、コンピューター制御でコントロールされている火の玉だった。

人々が見上げる中を火の玉が落下してくる。聖火台の直径はたかだか二、三メートルくらいだが、火の玉はピンポイントで聖火台を目指す。そしてついにそこへ吸い込まれると、ひときわ鮮やかで盛大な炎が立ち上った。

空に舞い上がった聖火が弾け再び天から落ちてくる。それは人々の熱狂を受け取ったオリンピックの神が人々に応えているように思える。大歓声を聞く限り誰もがそんな想像をしているのだろう。演出を司《つかさど》る日本人映画監督の狙いは見事に当たったようだ。

お腹の底を揺らすような大歓声が沸き起こる。咲も四号の横で仕事を忘れてはしゃいでいた。思い切って咲の手を握る。咲は一瞬驚いたようだが嫌がる様子はない。そのまま黙ってついにやってきた一大イベントに胸を弾ませていた。


一方日本中がオリンピックの開会式で沸き立つ中、健《たける》は品川の研究所運用部のオフィスでモニターに向かって座っていた。

世紀の一大イベントをこんなところでしか見られないのは悲しいが、もちろん自分だけじゃない。お祭り騒ぎの裏にはトラブルがつきものなだけに警備ロボットを運用するここはいつにも増して忙しい。ロボットの数もどんどん増やされオフィスはスタッフで大混乱している。東京や大都市圏を中心に派遣されたロボットは駅や空港、官公庁などの施設の警備に当たっていた。

健には里見《さとみ》所長から直々に命じられたミッションがある。そのため誰はばかることなく四号を国立競技場に行かせていた。

とはいえ本来はメインゲートやＶＩＰルーム、組織委員会やプレスルームの警備に力を入れるべきである。観客席でゆっくりと開会式を見ている場合じゃない。

しかしこれから忙しくなる咲にせめて開会式だけは二人で見ようとせがまれていた

のだ。

健はモニターを睨《にら》みながらどこか気持ちが晴れなかった。

こんなときに仕事をしているからではない。咲と四号の関係に言いしれないモヤモヤを感じるのだ。

遊園地での爆発騒ぎがあってから二人は急に親しくなった。

一緒にご飯に行ったのも一度や二度ではないし携帯電話で毎日のように話している。たいていは忙しい仕事の合間を縫って咲から誘ってくるのだ。もちろん〝恋人〟と呼べるような関係ではなかったが、それを予感させる雰囲気に満ちていた。大した恋愛経験のない健でも咲の瞳を見ていれば分かる。命がけで咲を護ってから四号を見つめる咲の瞳は『信頼』の色を帯びるようになり、それはここ一ヶ月足らずの間に『恋』に変わっていた。

しかし健はそれを単純に喜べなかった。

四号を動かしているのは健だ。細かな基本動作は四号が自分で判断しているが状況判断と会話は健がしている。

当初は咲が親しげに話してくれるのが嬉しくてあれこれと四号にしゃべらせていたのだが、咲の様子が変わっていることに気づいた瞬間自分の単純さに呆《あき》れてしまった。

咲が惚れているのは僕じゃない。四号なんだ。

当たり前だ。健は毎日のように咲を見て彼女と話しているが実際にはまったく会っていない。しかも健はチビで気弱な冴えない男。対して四号は、ロボットとはいえ百八十センチを超える偉丈夫《いじょうぶ》だ。顔もいい。仕事とはいえ強く、勇気もある。若い女の子が惹かれるには十分だ。少し前に彼女の同僚に嫉妬していたのが懐かしかった。

そもそもロボットである四号が彼女とくっつけるわけがない。

いったん彼女の心の中に居座ってしまった四号をリアルな健が追い出すことができるのか。こんなことなら四号を使って咲に接近するんじゃなかったと後悔していた。

モニターを見つめながら、オリンピックのテロ対策という重大な仕事を忘れて健の頭の中は咲のことでいっぱいだった。

僕は永遠に、ロボットごしの君に恋をするだけなのだろうか。

咲は大会期間中、主幹スポンサー会社の社員として大忙しだ。四号も仕事をしながら咲を支えることはできる。いまさら四号にわざと嫌われるようなことはさせられない。咲を苦しませたくなかったし、うまく嫌われたとしたら四号を通じて咲に会うことができなくなる。咲が四号を嫌いになることと実際の健との関係は別なのだ。

モニターには四号が見つめる千駄ヶ谷の空が映っている。横にいる咲の視線の先にはオリンピック旗が夜風に勢いよくはためいていた。

26

開会式の翌日からいよいよ本格的に競技がはじまった。

夏季大会の慣例どおりはじめは柔道、そして水泳から各種球技、陸上、そして最後はマラソンだ。マラソンは大会中日《なかび》に女子、最終日に男子が行われる。

里見所長や辻《つじ》課長の手前さすがに咲とずっと一緒にいるわけにはいかない。もっともテロの警戒をしていた開会式は何事もなく終わった。もちろん大会期間中はずっと警戒が必要だが次に可能性が高まるのは閉会式だろう。

咲は本番を直後に控えた陸上競技の選手をサポートするために、豊洲にある選手村と隣接するトレーニングセンターに詰めている。健は四号に柔道場へ向かうように命令した。大会中は探索モードを使ってひたすら歩くしかない。

大会初日、柔道が行われる代々木体育館は朝から観戦客とマスコミに埋め尽くされていた。

入口には帽子やTシャツ、小旗で自国選手への応援を表す人たちが長蛇の列を作っている。チケットの大半は予約販売ですでにファンのもとへ渡っているが、わずかな当日券を求めているのだろう。日本発祥の武道は二十一世紀も半ばを過ぎてさらに世界中で盛んになりファンの熱狂も凄《すさ》まじい。発祥の地での大会で優勝すれば最高の名誉だろう。日本代表の選手たちもメンツにかけて勝利を掴もうと盛り上がっていた。

四号は警備スタッフとして全施設フリーパスチケットを持っている。ダフ屋も横行して混乱する入口を尻目に中に入ると、充満した熱気がよりいっそう満ちていた。すり鉢状に設計された観客席。中央には畳が敷かれ照明に照らされて輝いていた。

今日は男女それぞれもっとも軽い階級が行われる。四号が階段を下りて競技場に近づくと背中から大きな声が沸き起こった。

正面の大モニターにこれから行われる試合の選手の紹介映像が映し出されている。ちょうど男子六十キロ級の日本代表選手が紹介されて日本のファンが沸き立っていたのだ。

健はモニターとインカムを通して見聞きしているだけだが、それでもテレビ中継を見ているのとはわけが違う。試合がはじまると場内の声援はさらに激しくなった。

これから二週間もこんな雰囲気の中を警備するのか……

混雑と声援に包まれると本当に何事もなく過ぎてくれるか不安になる。

テロ容疑者探索機能があるとはいえ出くわさないと反応しない。

もし何かが起これば さすがに健の立場はない。

四号も使えなくなるし咲にも会えなくなる。

自分が操る四号へ奇妙な嫉妬を覚えたが、それでも咲の顔を見られなくなるのは想像するだけで辛かった。

無事大会を終えたい。アテナ社の社員を、咲を守りたい。

そして大会が終わったら自分自身が咲に会いにいこう。そして四号の正体を教えるんだ。

それしかない……

ここ数ヶ月、四号を通して咲を見てきた。どんどん親しくなるにつれて健は想いを抑えきれなくなった。もう耐えられない。四号ごしではなく、自分自身の目で咲を見たい。四号じゃなく自分で咲を守りたかった。

直接にはもうずいぶんと会っていないからはじめはぎこちないかもしれない。だけど咲と四号しか知らない事実を伝えれば分かってもらえるだろう。

一般人に機密を漏らすことはもっとも重い罪だ。研究部のエースの妹とはいえ例外ではない。陽一郎《よういちろう》にだって庇《かば》いきれないだろう。

一か八かの賭けだが健にはもうそうするしか道はないように思えた。

咲のことで頭がいっぱいになっていると、突然ひときわ大きな歓声が上がった。

我に返りモニターを見ると四号の視線の先では試合が終わっている。日本の選手が南米の選手を見事な一本勝ちで下したところだった。

自分も土壇場で一本勝ちしたい。

健は声援に応える日本人選手を思いつめた表情で見つめていた。

27

健は一通り代々木体育館を見て回ると午後は豊洲にできた水泳競技会場を見にいった。

競技自体はまだはじまっていなかったが、明後日の初日を前にどこか高揚した雰囲気に満ちている。選手やマスコミが会場の下見に訪れていた。

健は一応警備のプロとして混雑しそうな場所を選んで四号を歩かせる。テロ容疑者探索機能の感度を上げて警備し続けたが反応することは一度もなかった。

「脅迫が届いてるっていうけど本当かな？　お前の高機能も一度も反応しないし、やっぱり脅しだけで実際のテロなんて起こらないかもな」

ここまでは『平和の祭典』の名にふさわしい。競技会特有の張りつめた雰囲気こそあるが、それはどこか楽しいものだった。

水泳会場から隣接するイベントスペース、プレス施設、駅前を見て回る。気がつけば隣駅は選手村とトレーニングセンターだった。そこには咲がいる。無意識に足が向いていたのかもしれない。

咲が抱く四号への気持ちを考えるとこれ以上親しくさせたくなかったが、告白の決意をした以上は吹っきれた。大会が終わるまではこれまでと同じでいい。

豊洲臨海地区にやってくると海沿いに真新しい高層マンション群が建っている。それが世界中の選手が寝泊まりする選手村で、もっとも駅に近い場所に建つ一棟が日本選手団の割り当てだった。その横に体育館とトレーニングセンター、そしてトラックが隣接している。

駅に着いた四号をまずは選手村に向かわせる。そこに一般人は入れないしマスコミも規制されている。たくさんの国際色豊かな選手たちがトレーニングウエアを着て歩いていたが平和そのものだった。

一通りめぐったあと隣のトラックに行ってみる。

いろいろな国の選手たちが調整をしていたが、入口に一番近い場所で日本の陸上選手たちが汗を流していた。

その中に咲の姿もある。さすがに上着は着ていないがうだるような暑さなのにブラウスとパンツスーツ、足にはパンプスを履いている。サポートする多くの選手の間を行ったり来たりしながら必死に要望のヒアリングをしていた。

頑張るなあと思って見ていると少し離れたところにいる四号にも聞こえる声で、女性選手のいら立った声が聞こえてきた。

「もう決めたって言ってるでしょ！」

あの声は以前咲と一緒に会いにいったマラソン女子代表の武見《たけみ》選手だ。

「そんなことおっしゃらずお願いします。ご希望があればこれからでも改善しますから」

「こんな土壇場でそんなことできるはずないでしょ。所詮あんたたちメーカーの営業風情にオリンピックに賭ける〝選手〟の気持ちは分からないんだよ」

元チームメイトとは思えない態度に健は怒りが込み上げてくる。

それなのに咲本人は丁寧な応対を貫いていた。

「ご不満を聞かせてください。おっしゃるとおり大改善はできないしすべきではないと思います。けれど他のメーカーさんに変えることのリスクのほうが大きいのではないでしょうか？」

「そんなことあんたに言われなくたって分かってます。ご心配には及びません。メビウス社の私専用モデルをプライベートでも使ってきたの」

それは契約違反じゃないのか？

素人の健でもそう思った。

陸上選手に限らずアマチュアのスポーツ選手はどこかの企業に属するかスポンサー契約を結び経済的なバックアップを受ける。広告塔になるわけだからその企業が扱っている商品を使うのは義務になる。ライバル企業の商品を使うなどもってのほかだ。

ところがこの武見という選手の場合事情はやや複雑なようだ。

所属している企業はスポーツ用品メーカーではないので以前は個人でメビウス社と契約していたらしい。しかし陸上女子日本代表としてアテナ社と契約をしたためややこしくなってしまった。結果代表選手としての多額の〝強化費〟を受け取るためには個人契約より代表の契約を優先せざるを得なかったらしい。メビウス社もそれを理解したのだろう。

ところがそれが武見には面白くなかった。

「私は一秒でもタイムを縮めたいの。金メダルを獲るためにいままで血を吐くほど練習してきたんだから」

「ですから」

「オリンピックで優勝しなけりゃ私たちに未来はないの。銀メダルなんて何の意味もないのよ！　そのためには〝契約〟なんてどうでもいいわ。私にとって一番優秀な武器を使うだけ。もう私にかかわらないで」

「結花《ゆか》……」

「気安く呼ばないで。もうあなたとは住む世界が違うんだから」

武見はそう言うと横にいた日本代表監督の呼び止めも無視してグラウンドに出ていった。足にはメビウス社のシューズを履いて。


咲たちの様子を遠巻きに見ていた選手たちも武見選手がグラウンドに出ていったことで離れていく。あたりに漂った緊張が雑踏音とともに解けていった。

「咲ちゃん……」

健はいたたまれなくなりグラウンドサイドの咲に歩み寄る。声をかけると咲が振り返った。

「翼くん」

その瞳はうっすらと潤んでいる。しかし浮かんでいる表情はそう単純なものではなかった。怒りと悔しさの間に何かが混じっている。

「大丈夫？　ひどい人だね」

「ううん、彼女の気持ちはよく分かる。だから悪く言わないで」

「でも……」

「私が悪いの。アテナ社のシューズが悪いんじゃない。私がアテナ社の人間だからうちのシューズを嫌がってるのよ」

「どうして。元チームメイトだろ？」

モニターごしの会話なのに健の声にも怒りがこもった。

「実はね、彼女がソフトボールを諦めたとき、ソフトボール部の監督から陸上部の私に誘いがあったの。彼女と私をコンバートしないかって」

「コンバート？」

「何を見てそう思ったのか知らないけど私にソフトボールのセンスがあるからって。監督との会話を彼女に聞かれちゃったのよ。それから結花は私にだけは負けたくないって頑張ったんだと思う。私なんてそんな大した才能じゃないのにね。人生賭けてきたスポーツに裏切られたんだもん。ショックだと思うわ」

そう言いながら咲は下を向いた。

「とっても頑張り屋なの。だから何があっても私は……」

最後の声は言葉にならず肩を震わせている。

これ以上咲と四号を近づけたくない。

そう思っていたのに健はどうしても目の前の咲を放っておけなかった。

咲をグラウンド脇に連れていき背中をさする。そのとたん堰《せき》を切ったように溢《あふ》れだした涙が咲の頬《ほお》を流れていった。

28

それから咲の超多忙な毎日がはじまった。

大会中はそうなるだろうと予想はしていたけれど四号とメールしたり電話するくらいはできると思っていた。それはそれで複雑だが……

しかし武見選手とのことがあってからほとんど連絡を取り合うことはなかった。

彼女のことだ。仕事なのに感情的になってしまった自分が許せないのだろう。とにかくいまはとっても大切なとき。何年もかけて準備してきた成果が問われる一大イベントなのだ。サポートしているのは武見選手だけじゃない。仕事に没頭することで感傷的な自分を追い出したいのだろう。

ほどなくして陸上トラック競技がスタートすると「しばらくは連絡できないかも」

と咲が電話してきたのだった。

　それから一週間、咲は睡眠時間を削って仕事に打ち込んだようだ。その甲斐があってかアテナ社がサポートする選手のメダルラッシュが続いている。日本は柔道と水泳ですでに五個の金メダルを獲得していたが陸上競技でまだ金はない。武見選手が金メダルを獲れるかどうかマスコミの注目はいやがうえにも高まる。

　そしてついに大会中日《なかび》、女子フルマラソン当日の朝を迎えた。


　咲はその朝五時にはスタート地点である国立競技場に来ていた。

　すでにマスコミ各社の中継車両がたくさん駐《と》まっている。巨大なパラボラアンテナは外国テレビ局の衛星中継のためだろう。数あるオリンピック競技の中でも花形であるマラソンに世界中の注目が集まっていた。

　真夏の強烈な日差しを避けるためにスタートは午前九時に予定されている。しばらくすると選手たちがサブトラックに集まってきた。精神統一やウォーミングアップをはじめている。

　この日は他の競技は極端に少ない。それだけマラソンの盛り上がりがすごいわけだ。おかげで健も警備エリアを絞れる。

「咲ちゃん、久しぶり」

四号を朝から国立競技場サブトラックに向かわせると予想どおり咲の姿があった。

「翼くん、どうしたのこんな朝から」

「前も言ったように僕の仕事はアテナ社とオリンピック関連施設の警備なんだ。勤務時間も勤務場所も決まってないんだよ」

「そうだったね。大変なお仕事ね」

そう言う咲の顔は一週間前より少し細くなっただろうか。目の下にはうっすらクマができている。自分の激務を棚に上げて四号を気遣うとは咲らしい。

「咲ちゃんこそあんまり無理しないようにな」

「うん、ありがとう。大丈夫よ。今日が終われば女子陸上は一段落するから」

「そっか。そしたらご飯にでも行こう。オリンピックの打ち上げだ」

「そうだね。翼くんとご飯に行くの久しぶりだし楽しみにしてる」

咲の笑顔を見て健は続けた。

「そのときちょっと話したいことがあるんだ」

ん？　と咲が小首を傾《かし》げる。次の瞬間後ろがやけに騒がしいのに気がついた。振り向くとそこに武見選手がいる。報道陣に囲まれてサブトラックにやってきた。武見は前にいた咲には目もくれない。気づいているはずなのにあえて無視した。健は四号に指示して武見の足元をチェックする。そこには予告どおりメビウス社のロゴが輝いていた。

「はいはい、マスコミはここから入らないでください」

会場スタッフが腕を広げて選手以外を制止する。トラックの手前には規制線がめぐらされていた。

武見はコーチ陣が広げたシートの上に寝転ぶと柔軟体操をはじめている。ただそれだけの動作にマスコミが忙《せわ》しなくカメラのレンズを向けていた。

「すごいプレッシャーね」

「そうだね。こんな中で走るってどんな気分だろう」

「私にも分からないわ。なんせオリンピックだし。やっぱり結花はすごいよ」

大会本番でメビウス社のシューズを履かれれば、担当営業の咲の責任は重い。

それなのに咲は穏やかな顔で武見の様子を眺めていた。


「On your marks…… Set……」

観客が固唾《かたず》を呑んで見守る中、スピーカーから男性スタッフの低い掛け声が流れる。

次の瞬間号砲が轟《とどろ》いた。

午前九時三分、ついに女子マラソンがスタートした。

色とりどりのユニフォームを着た選手たちがいっせいに動きはじめる。はじめは塊だった選手たちが徐々に縦に伸びていった。

しばらくはサブトラックで咲と選手たちの様子を見守っていたが、スタートが近づくと健は咲と別れて国立競技場のメインスタジアムに来ていた。トラックではなく観客席のほうを向いて探索モードの感度をマックスにしていた。四号の視界を操作して拡大と縮小を繰り返す。三号が表参道のアテナ社直営店でぶつかった男はデータにはないはずなので、それだけは健の記憶が頼りだった。

咲はいま頃トラック脇の関係者席でレースを見守っているだろう。

武見には履いてもらえなかったが、マラソン日本代表の他の二人はアテナ社のシューズで出場している。彼女たちのサポートも咲の仕事だ。

マラソンはお昼過ぎには終わる。どんなに残務に時間がかかるとしても夜になれば終わるだろう。別れ際「終わったら連絡する」と咲は言っていた。時間があれば落ち合って一緒にご飯を食べる約束だった。

選手たちはこれから四二・一九五キロも走るとは思えないスピードでトラックを回っていく。あっという間に一周するとメインゲートからロードに出ていった。

健はモニターのワイプに映していたテレビ中継を見る。選手たちは外苑西通りに出ていった。

「よし、四号は折り返し地点に急げ」

健は四号にそう告げて観客席から移動させた。

その頃咲は選手のサポートをするために、同僚の轟《とどろき》が運転するバンに坂本《さかもと》と一緒に乗って選手たちを追走しはじめていた。

レースは先頭集団がスタートから飛ばし、後続集団を引き離していく。早くも新宿通りに出て東へ舵《かじ》を切り皇居に向かって走っている。平日にもかかわらず日本の旗を振る人々で沿道は溢れていた。

コースになっている道路は交通規制がされている。咲たちの車は一方通行を回避しながら路地裏を縫うように進んだ。この日のためにどこをどう走ればいいかシミュレーションしてある。

先頭集団はほどなくして四谷に到着し左折する。市谷にたどり着くと右手に外濠《そとぼり》を望みながらさらに北上していった。

中継画面を見る限り先頭集団は五人。アテナ社のシューズを履く日本人選手二人の姿は見えなかったが武見はしっかりと食い込んでいた。

「結花、頑張って。誰よりも苦しんで苦しんできたんだもん。絶対勝って……」

後部座席に座る咲は両手を組み心の中で強く祈る。

直後咲は見逃さなかった。

武見が一瞬苦しそうな顔を浮かべたのである。

次の瞬間咲は想いを抑えきれなくなった。勢いよく立ち上がるとスライドドアに手をかけた。


健は四号を警備車両を使って折り返し地点に向かわせながらモニターでマラソンレースの行方を眺めていた。

メダル争いはトップ五人に絞られたまま中盤へとなだれ込んでいく。水道橋から皇居を回り込むように南へ走って日比谷、芝公園まで来ると、今度は百八十度方向を変えて一気に北上。新橋、京橋、日本橋を縫って隅田川沿いに進むと、東京スカイツリーの巨大なシルエットが迫ってきた。麓にある浅草雷門前が折り返し地点になる。隅田川の向こうに両国国技館が迫ってきたところでトップ集団から二人の選手が脱落した。

まさかと思って中継を凝視したが遅れているのはコロンビアとフランスの選手だ。苦悶《くもん》の表情を浮かべながらも武見選手はまだトップグループにいる。

四号は先回りして折り返し地点にたどり着く。大観衆で混乱していたためギリギリになったが雷門前の広場にやってきた。比較的見晴らしのいい場所に移動して健は沿道の人々を鋭く観察する。

ところがそこで健は驚いた。

折り返し地点にある給水ポイントに咲がいる。すぐそばまで迫った先頭集団に向かって何かを叫んでいた。

車で移動していたんじゃないのか。

武見選手のトップ争いに観衆は興奮している。誰もがトップグループを間近で観ようと前に詰めてくる。熱気と混乱はピークに達し、今にも転倒する者が出そうだ。危険だと思い四号を咲のそばに向かわせたときだった。

四号が反応したのではなく健自身の頭に何かがよぎった。

大観衆の中で一瞬視界に入った顔にどこか引っかかる。

四号は何も反応せずすでに他のところを見ている。とっさに視線を戻させるとそこにいた男が背負っていたリュックを下ろしていた。

その瞬間思い出した。

そのリュックに見覚えがある。

あいつだ。

表参道の店の入口でぶつかった男。

間違いない。背はひょろりと高く痩せている。こけた頰の上にギラついた目が輝いていた。

男は群衆をかき分けて規制線に向かって移動している。

「四号、あいつだ。二時の方向二十メートル先」

慌てて四号を向かわせる。

あろうことか男が移動する先には咲の姿があった。

男は先頭まで出るとリュックの肩ひもを持って振りかぶる。そして迷うことなく折り返し地点にリュックを放り投げた。

ちょうどそこに先頭集団が差し掛かる。足元に転がったリュックをよけて走り抜けた。

テレビ中継ではアナウンサーがその異変を説明している。解説者が観客の行為に苦言を呈していた。

「四号、リュックだ！」

健は男の確保よりリュックを優先した。四号が咲の脇をすり抜けて規制線を越える。

テレビ中継の画面にも四号の姿が現れた。

その直後だった。

耳を貫く爆発音がインカムを通して鳴り響いた。

プログラム 5

29

彼は薄暗い廊下を走っていた。

ところが必死に脚を動かしても思うように前に進まない。

ようやくたどり着いた扉に手をかける。開けた先の部屋には二台のベッドが置かれていた。傍らには数人の男が立っている。

『息子さんだね。まずは間違いがないか確認してくれるかな?』

男の一人はそう言うと、躊躇《ためら》うことなくベッドの上のシーツをめくった。

彼の視線がその上で停止する。

息が詰まり、全身の血が流れを止めたかのように身体が固まる。

ベッドの上には奇跡的に大きな損壊をまぬがれた、見慣れた二人の男女が横たわっていた。

『間違いなければここにサインしてくれ』

男が彼の眼前に書類をかざす。

涙に濡れた目でその書類を眺めながら彼はつぶやいた。

『どうして……』

『皮肉なもんだね。天才と呼ばれた男がまさかこんな最期を遂げるなんて』

書類を持つ男は彼を目の前にしても遠慮がない。

しかし彼はそんな男の声も耳に入らなかった。

強烈な怒りの感情が、横たわる二人との楽しい思い出を覆い隠す。

奥歯を噛《か》みしめ握りしめた拳をベッドに打ちつけると、真っ赤になった目をベッドの上の二人に向けて誓った。

俺が必ず〝完成〟させると。

30

浅草橋を過ぎ先頭集団が三人になった。

浅草橋から隅田川の向こうの両国国技館を横目にしながら、蔵前を通って浅草に来れば折り返し地点の雷門だ。二十キロを超えるこのあたりはフルマラソンにとって苦しい時間帯だ。特に午前中とはいえこの日差しだ。しかもスタートからハイペースなレース展開のため選手の負担は相当なものだろう。わずかな差でトップを走るエチオピアの選手とその後ろにつける中国の選手も武見《たけみ》選手同様苦しさをこらえていた。

裏道を抜けて追走していた咲《さき》は、中継画面で武見の表情を見て運転する轟《とどろき》に予定の変更を頼んだ。本来ならアテナ社のシューズを履く後続の日本人選手をサポートするべきだ。ところが咲は仕事を忘れてしまい、武見から離れることができなかった。

轟は仕方なく雷門前に先回りして咲を降ろす。そこには折り返し地点でちょうど給水ポイントがあった。車は咲を残して後ろの日本人選手のもとに急行する。トップ集団が通り過ぎて後続が追いついたら咲も車に拾ってもらう約束をした。

負けん気の強い武見なら異常に意識している自分の応援に奮起するかもしれない。

咲があえて武見に声をかけようと思ったのは単純にそんな理由だった。

彼女には勝ってほしい。

私が叶えられなかった夢をこの大舞台で摑《つか》んでほしい。

ただそれだけだった。

人込みをかき分けてようやく給水ポイントに到着する。ファンを規制する警備員に

『サポートチーム』の身分証を見せて中に入れてもらう。すると人込みの向こうから中継車の影が、そしてその奥にトップ集団三人の姿が見えてきた。

「結花《ゆか》！　結花！　頑張って！」

ところが咲はそこで違和感を覚えた。

水の中で叫んでいるように声がこもって聞こえる。身体も重い。プールの中で動いているみたいだ。

日本代表マークの小旗を付けたドリンクを武見が摑もうと手を伸ばす。

武見は咲の声に気づく。咲は目が合った瞬間に叫んだ。

「勝って！」

それを聞いて、武見は咲に昔よく見せてくれた笑顔で応えてくれた。

咲はこのときとても懐かしい思いがした。

咲の頭の中では大歓声は消え失せ、はっきりと武見の声が聞こえたような気がした。

勝つからね。

ところがその直後だった。

急に場面が変わったように奇妙な男が現れ背負っていたリュックを道路に放り投げた。

選手たちはとっさにそれをよけて走っていく。

その直後群衆の中からまた人影が飛び出してきた。
それがよく知る人だと気づく。
翼《つばさ》くん？
駆け寄ろうとするがなぜか彼に近づけない。
次の瞬間、目の前で閃光《せんこう》が炸裂《さくれつ》した。

31

研究所運用部のオフィスで四号の操作をしていた健《たける》は途方に暮れていた。
目の前のモニターには砂嵐が起こりインカムからは何も聞こえてこない。
「四号、四号、応答しろ！」
どんなに指示を出しても四号からの連絡はなかった。
この間と同じだ。三号の最期が頭をよぎる。あのときも爆発だったのだ。
しかも直前に見かけた男の顔。
ほんの一瞬だったが三号のときと同じ顔が折り返し地点の雑踏の中に紛《まぎ》れていた。

間違いない。

リュックの中は爆弾だったのだ。

だとすると……

四号から通信が途絶える直前に爆発音が轟《とどろ》いた。間違いなくあの男が爆破テロを起こしたのだ。

デジャヴのような光景に焦りを感じながら、この間と違う状況に健の頭はパニック寸前だった。

そこに咲がいる。

爆発の規模は分からないが四号からの通信が途絶えるほどだ。あえて警戒厳重なオリンピック中に起こしたくらいだから相当に用意周到《しゅうとう》なものだろう。

健は勢いよく椅子《いす》から立ち上がったがそこではたと止まった。きつく目を閉じ拳を握る。

いますぐ現場に行きたいが職務規定を破れば懲戒解雇《ちょうかいかいこ》では済まない。重犯罪とされ起訴される。三号のときと同じようにバックアップスタッフに事態を収拾してもらうのが正解だ。しかしオリンピック期間中は全スタッフ総出で警備にあたっている。バックアップスタッフなどほぼ存在していないに等しかった。あとは警察か消防に頼るしかないがそもそも犯人の顔を知っているのは自分だけだ。

すると不思議な衝動が込み上げてきた。

怒りでもなく、悲しみでもない。切ないような胸を掻《か》きむしりたい苦しさだった。その衝動の強さに仕事のことは吹っ飛んでしまった。

どうなろうが関係ない。いま僕にできることはこれだけだ。

湧きあがる衝動を抑えられない。

健は閉じていた目を開けると大股で部屋をあとにする。運用部オフィスを出たとたん駆け出した。


警備車両に乗って現場に急行するとそこは予想以上の大惨事だった。

すでに警察車両が到着し上空にはマスコミのヘリが旋回《せんかい》している。世界イベントの最中の事態だけにその注目度も桁《けた》外れだった。

大渋滞を縫うようにして現場までやってきたが、厩《うまや》橋を過ぎ現場まで残り数百メートルに迫ったところで身動きが取れなくなった。テレビニュースを見る限り通行止めになっているようだ。

仕方なく健は路地裏に車を乗り捨て走りだした。

マラソンコースになっている江戸通りは車の交通規制がされていたが、人込みをかき分けてたどり着くとそこはもうさっきまでのお祭り気分は消えていた。

警備員は統制を失い人々は車道に溢《あふ》れている。誰もが必死の形相《ぎょうそう》で健とは逆の方向に急いでいた。

人々のその様子に健の焦りはさらに募る。目指す方向に黒煙が立ち上るのが見えてきた。そしてようやくたどり着いたマラソン折り返し地点の様子に健は啞然として立ち尽くした。

ちょうど折り返し地点のマークが置かれていたあたりは跡形もない。アスファルトはえぐれ大きな穴が開いている。周辺のビルに爆風が当たったためだろう。あたりにはビルから落ちてきたガラス片が散乱しそれを浴びた人たちが血を流して倒れていた。

警察に消防、救急車両もやってきていたがあまりの被害の大きさに救助の手が追いついていない。特に爆発地点に近い場所ではコンクリートの瓦礫《がれき》が積み重なり、それらの下敷きになっている人たちもいるようだった。

咲はどこだ。

健は大混乱の中で必死に咲を捜した。

瓦礫をどかして前へ進み、倒れている人の顔を覗《のぞ》き込む。四号ならこんな状況で咲だけを捜しているわけにはいかない。治安維持を担う警備ロボットとして負傷者全員の救援に当たらなければならない。ましてやテロ対策を任されていたのだ。

しかし健は違った。

もちろん操作官だって職務上同じようにする義務がある。ただすでに重大な職務規定違反を犯してここに来ている。罷免《ひめん》されるのはもちろん見つかれば拘束されるだろう。いまさら仕事のことなど考えられないし、そもそも咲のことが気がかりでそんな余裕はなかった。

これほど大勢の負傷者の中から咲を見つけ出すのは難しかった。死者も出ているのだろうか。

最悪の可能性としてテロはこれだけでは済まないことも考えられる。近くの場所かそれとも違う施設が狙われるかは分からないが、多発テロになるかもしれない。

そうこうしているうちに瓦解したビルの窓から再びガラス片が落ちてきた。鋭い音を響かせて健の足元で割れる。それほど大きなものではなかったが健の上にも落ちてきて手や額に軽く怪我《けが》をしてしまった。

こんなところにいられない。早く咲を見つけて安全な場所に避難しないと。

そう思って爆発点に近い瓦礫をどかしたときだった。

これまで怪我人だけで亡くなった人は見かけなかったが、瓦礫の下に千切れた腕が転がっていたのである。炎に巻かれたのだろう。衣服は焦げ肌も真っ黒になっている。

思わず逸らした目を再び戻してみると、その腕はどこか様子が変だった。血が流れておらずところどころに不思議な輝きがある。

まさかと思いその周辺の瓦礫を躍起になって掘り返す。そしてようやく発見した。

「四号！」

健がインカムからではなく直接呼びかける。

しかし四号はまったく反応しなかった。

左腕はもげ右脚もあらぬ方向にねじ曲がっている。服はぼろぼろになり自慢の生体皮膚も破れ金属ボディが剝《む》き出しになっていた。顔を覗き込むとその目に光はない。爆発に巻き込まれて破壊されていた。

健はそこでふと思い出した。四号と通信が途絶える前に近くに咲がいた。

このあたりだ。

四号の変わり果てた姿に不安を募らせながら再び瓦礫の中を捜し回ると、ようやく見つけた。見覚えのあるスーツ姿の女性が頭から血を流して倒れている。しかも身体の半分はコンクリート塊の下敷きになっていた。

「咲ちゃん！」

名前を呼んだものの反応がない。とりあえずこのコンクリートだ。四号とは違い健はそんなに屈強ではない。しかしこの状況でそんなことを言っている場合ではなかった。

一抱えもあるコンクリートの塊に手をかけ力を入れる。はじめはびくともしなかったが意を決した奮起で塊が動いた。勢いをつけてひっくり返す。ところがその反動で塊が健の足にのしかかってしまった。

　挟まれることはなかったが相当な重さのコンクリートだ。バキッと鈍い音が響く。気づけば健の右脚がおかしな方向にねじ曲がっていた。

　しかし健はそんなことは気にならなかった。コンクリートに埋もれていた咲の容態が気になる。しかもコンクリートをどけるとそこには武見選手までもが倒れていた。二人とも意識はないが咲が武見選手を抱くように倒れている。

「咲ちゃん、聞こえるか。しっかりしろ」

　抱き起こそうとして躊躇った。脳震盪《のうしんとう》を起こしていたらむやみに動かすのは危険だ。そっと肩に触れてみる。髪の毛に血がつき顔に張りついている。ハンカチで拭って額を確かめるとそれほど大きな傷ではないことにほっとした。

　咲に抱えられている武見選手は気こそ失っているものの外傷は見られない。

「咲ちゃん、武見さん」

　健の呼びかけにようやく咲が気づいた。意識を取り戻しうっすらと目を開ける。

「翼くん？」

「僕だ。健だよ……」

　咲の口からいの一番に四号の名前が出る。寂しかったが……仕方ない。

　咲の目が完全に開き徐々に光が戻ってくる。意識がはっきりしてきた。

「健くん、どうしてここに？」

「……僕もマラソン見物してたんだ。そしたら爆発に巻き込まれた。大した怪我はしてなかったから負傷者の救出を手伝ってたら偶然咲ちゃんを見つけてね。びっくりしたよ。久しぶりだね」

　四号を通してなら毎日会っていたが健が直接咲と会うのはずいぶん久しぶりだ。

　混乱した頭で咲が健を見つめる。そしてはっと我に返り腕の中の武見に気がついた。

「結花！」

　顔をしかめながら咲は上半身を起こす。頭の傷が痛むのだろう。それでも自分のことより武見の心配をしていた。

「オリンピックが、こんなことになるなんて……」

　声をかけても武見は起きない。

　次の瞬間咲はそばに転がる残骸を見て息を呑んだ。

「翼くん！」

　破損のため金属ボディが剝き出しだが顔は原形をとどめている。いままで四号を生身の人間だと思っていた咲はパニックに陥っていた。

「落ち着いて。彼は亡くなってる。でも大丈夫。事情はあとで説明するよ。とにかくここから逃げよう」

「嫌ッ！」

咲はそう言って四号の身体を抱える。しかしそのとたんあり得ないものを見て目を見張った。傷口からは血ではなく、カーボン製の骨格が覗いていた。

健はその場から立ち上がり近くを行く消防隊員を呼び止めた。

「来てください！　ここに選手が倒れてる。脳震盪を起こしてるみたいだから早く病院に連れていってください」

武見選手はさっきまでトップグループを走っていた金メダル候補の有名人だ。呼び止めた消防隊員もすぐに彼女に気づく。もう一人の隊員を連れて担架を持ってくると、手慣れた様子で彼女を担架に乗せた。トップを走っていた残り二人の選手はすでに病院に運ばれたらしい。

「あなたたちは大丈夫ですか？　被害が大きくて車が足りないので重傷者を優先して救護してます」

「僕は大丈夫ですが彼女も連れていってもらえませんか？」

健はねじれた脚を隠し咲を指して言った。

しかし消防隊員は咲を一瞥《いちべつ》して言った。

「いや、この方は意識もあるし見る限り軽傷です。申し訳ないですがご自身で病院まで向かってください」

「……分かりました。武見さんの治療を急いでください」

消防隊員はうなずくと武見を連れて足早に去っていった。

32

武見が病院に運ばれていくと、健は咲を抱えて足を引きずりながらその場を離れた。

この脚だ。いま病院に行けば入院させられるだろう。すぐに研究所に連絡が回り職務規定違反で捕まる。僕はどうなってもいいけど四号を失ってパニックになっている咲を放っておけない。

地べたに座り込んで泣く咲に言った。

「咲ちゃん、少し行った先に僕の車を駐《と》めてある。そこまで歩いたら咲ちゃんを病院に送るよ」

呆然とする咲を立たせて混乱の中を歩きはじめた。

消防隊員には強がったが健の脚も重傷だ。まったく力が入らないのは骨が折れているからだろうか。

さっきは数分で走り抜けた道を三十分かけて歩く。ようやく車にたどり着き咲を助手席に座らせると、自動運転で近くの総合病院まで行こうとした。

ところがそこで咲が口を開いた。

「健くん、どういうことか説明して。翼くんはいったい……」

大会が終わったらすべてを話そうと思っていた。まさかこんな状況で話すことになるなんて。

とはいえすでに罷免される身だ。すべてを話すのに躊躇《ちゅうちょ》はいらない。

「ずっと黙っててごめん。四号、いや〝翼〟はＡＩロボット技術研究所が開発したロボットだ。僕が操作して治安維持の任務に当たってたんだよ」

「……」

「〝翼〟は存在しない。僕なんだよ。翼を通してずっと咲ちゃんと話してたのは──」

咲はあまりの驚きに声が出ない。

動揺する咲に健はかいつまんでこれまでの経緯を説明した。

「まさかお兄ちゃんも?……」

咲は研究所で開発に携わる兄にも不信感を露わにした。

陽一郎《よういちろう》が研究所でかなりの影響力を持っていることは咲も知っている。四号を陽一郎が開発して咲に差し向けたのなら咲の恋心を掌《てのひら》で転がしていたことになる。

「いや、陽ちゃんは関係ない。アテナ社にテロの予告があって偶然警備に当たったのが僕だっただけだ」

すべてを知ると咲は両手で顔を覆い声を殺して泣きはじめた。その悲しみに四号を操作して加担していた健にはかける言葉がない。悲しみはいつしか掌から漏《も》れ肩を震わせた泣き声に変わっていた。

「とにかくここを離れよう」

いたたまれなくなり車のエンジンをかける。来るときにつけていたニュースが車内に流れる。こんなニュースを聞きたくはないだろう。健がスイッチを押してニュースを消そうとしたときだった。

『――現場から中継でお伝えしました。……たったいま入ってきたニュースです。現場の捜査にあたる警視庁はさきほど今回の爆発をテロと断定。容疑者を特定したと発表しました』

素早い捜査の進展に驚く。この混乱の中で、もうそこまでたどり着いたのか。

現場で見かけたあの男のことは僕しか知らないはずなのに。

『容疑者は大沢《おおさわ》健二十八歳。ＡＩロボット技術研究所の職員で人質を一名取って逃亡中。指名手配され各幹線道路での検問がはじまっている模様です』

驚いた咲が健の顔を覗き込む。
ニュースの途中から健の頭の中は真っ白になっていた。

プログラム 6

33

『もしもし。ああ君か、どうした？』

「突然すいません。思いもかけないことが起こりまして」

『思いもかけないこと？』

「はい、ここまでは完璧だったのですが、最後の実験で一線を越えてしまいました」

『なんだって？　私があそこまでお膳立てしてやったのに失敗したのか』

「申し訳ありません。私のプログラミングが過剰だったのかもしれません。ともかくいまは事態の収拾を急ぎます」

『そうしてくれ。一度一線を越えた奴らはもう何をしでかすか分からない。〝究極〟どころか完全な失敗作だ』

「ＧＰＳで居場所はすぐに分かります。これは警察にも教えていません。我々がいち早く接触して〝処分〟します」

そう報告すると電話の先の男は呆《あき》れたようにつぶやいた。

『そもそも、もうこれで何度目だね』

「……」

『いい加減結果を出したらどうだ。世界中の競争に勝てば君の名は永久にこの分野の歴史に刻まれるんだぞ。もちろん私の助手としてだが』

「はい」

『草葉の陰でお父上が泣いておられるぞ。天才と称されたお父上が』

「分かっています。それでは急ぎますのでこれで」

電話を切った男は椅子《いす》に倒れこむように座った。

なぜこうなるんだ！

これまで繰り返してきた研究が再度失敗に終わった。

しかも今回は改良に改良を重ねて満を持しての最終実験だったのだ。

それがこんなことになるなんて。

大事に育ててきただけに裏切られたという思いが込み上げてくる。

愛情が深かったぶん男の中で憎しみが倍増していくのを抑えることはできなかった。

男はスマホを取り出すと特殊なアプリを立ち上げる。一瞬にして真っ青だった画面上に見慣れた地図が広がった。

地図の拡大率を上げていくと画面の中央に赤いポイントが見えてきた。ポイントは猛烈な勢いで移動している。

男は椅子から立ち上がり移動するポイントを指さしてつぶやいた。

「残念だよ」

34

健《たける》は運転席に座りながら状況が呑み込めず呆然としていた。

僕はＡＩロボット技術研究所の職員でロボットを使って東京の治安維持に当たる極秘プロジェクトメンバーだ。東京オリンピックを狙ったテロを防ぐために特殊任務を与えられて活動してきた。

しかしついさっきテロが起きてしまった。しかも高価なロボットをまた破損させてしまった。

もちろんそれだけでも重大な過失だ。さらに職務規定を破り四号が警備する現場にやってきてしまった。それなりの重い罰は覚悟していたつもりだ。

それでも……ちょっと待て。僕がテロの犯人？　咲《さき》ちゃんを人質にして逃亡中⁉

どうしてそうなるんだ。しかも全国に指名手配されたという。運転席のモニターに映し出されたニュースでは健の顔写真までもがはっきりと放送されていた。

「どういうこと？」

助手席の咲が健に言った。

「なんで健くんが犯人なの？」

爆発、レースの中止、武見《たけみ》の負傷、四号の〝死〟……

わずかな時間に次々とショッキングな出来事が起こり、咲には何が何だか分からない。落ち着かせようと車に乗せたら今度はこのニュースだ。パニックに陥るのも当然だ。

しかしそれは健も同じだった。

「分からない。どうしてそんなことになるんだ」

睨《にら》むように健を見ていた咲はふっと力を抜いて言った。

「本当に健くんじゃないのね？」

「当たり前だろ。なんで僕がそんなことをしなきゃいけないんだ。僕はテロを防ぐ側だよ。現に咲ちゃんを人質になんてしてないだろ。何かが混乱してるだけだ」

その言葉に咲の眼差しから鋭さが消える。

「分かった。翼《つばさ》くんのことはまだ信じられないけど、健くんがそんなことをする人じゃないのは知ってる」

そう言うと咲は車外に視線を向けた。

健が警備車両を駐《と》めているのはテロ現場から三百メートルほど離れた路地裏だ。ここらへんは下町でいまだに細い裏路地が網目のように広がっている。人通りは少なかったが、少し先の江戸通りはテロから逃げる人たちでまだ混乱していた。マラソンの交通規制もありここを車で通るわけにはいかない。

「これからどうするの？　警察に行って説明する？」

「まさか！　そんなことできない。すぐに捕まってテロの犯人に仕立て上げられるだけだ！」

なんの根拠もないのに健が知らない間に容疑者にされたくらいだ。単なる警察の勘違いのはずがない。健の知らない裏があり意図的に仕組まれていると考えるべきだ。健にもそれくらいの想像はついた。

「じゃあどうするの？」

「まずは咲ちゃんの怪我《けが》が先だよ。その脚じゃあ歩けないだろ。病院に連れていく」

「……それで？」

「僕は……逃げる」

「ダメよ。健くんだって怪我してるじゃない。私より重傷でしょ？　それに逃げてどうするの？　日本の警察は世界一優秀なのよ。東京中に監視カメラがあるしそんな怪我で逃げられるはずがない」

「もちろんずっと逃げ続けるわけじゃないよ」

「え？」

「真犯人を捕まえるんだ」

一つ息を吐き健は静かにつぶやいた。

「見たんだよ。それも二回。一度は表参道にあるアテナ社の店で。二度目はついさっき雷門前の折り返し地点で」

「あの店の爆発はテロだったの⁉」

咲はアテナ社社員として一回目の爆発のことはもちろん知っていた。しかし世間に出回っているニュースではあれは地下のガス管が引火して破裂した〝事故〟とされている。咲が驚くのも無理はない。

「ああ。二度のテロ現場に同じ男がいた。一瞬だけど間違いない。もうあの顔は忘れないよ」

健の決心を聞き咲は同意も否定もできないでいる。一般人の咲の手に負える事態ではない。ただそれは健も同じだった。

「でもどうやってその犯人を捜すの？　持ってるのはこの車だけでしょ。武器もないし、捜しようがないじゃない」

「大丈夫。ついさっき男を見て思い出したんだ」

「何を？」

「僕はあの男を知っている。いますぐには行けないけど様子を見計らって会いに行くよ」

「誰なの？」

健は一瞬黙り込みうつむいた。しばらく怪我をしている足元を見つめたあと顔を上げて咲を見る。

「咲ちゃんはこれ以上知らないほうがいい。病院に送るから治療してもらうんだ。僕に連れてきてもらったなんて言っちゃダメだよ。一人で歩いてきたって説明するんだ」

咲は首を横に振った。

「そんなことできない。健くんが大変なときに私だけ病院で寝てられないよ。私もついて行く」

「ダメだ。危険だよ」

「大丈夫。私の脚はそんなに大したことないし、むしろ健くんの脚のほうが心配だよ。それに翼くんのこともちゃんと説明してもらいたいし」

自分のことで頭がいっぱいで健は咲のショックを忘れていた。

そうだ。咲はついさっき目の前で想いを寄せていた四号、いや翼に〝死なれ〟たんだ。それなのに僕の心配をしてくれる。

こんな状況なのに咲と一緒に居られることが嬉しい。一緒に行くという申し出も救われる思いだった。

自分でも制御できない気持ちが溢《あふ》れてくる。

こんなことはいままでになかったのに……

咲はいきなり車を降りると回り込んで運転席側のドアを開けた。健を強引に助手席へ押しやり自分が運転席に座る。

「自動運転は履歴が残るから私が手動運転する。健くんはリアシートに移動してて。監視カメラに顔が写らないようにね」

咲の手際の良さに驚く。いち操作官の健と違い彼女は一流企業の優秀な営業担当だということを思い出した。

「でも……」

それでもまだ健は咲を巻き込むことに躊躇《ためら》いがある。

それを見透かして咲はいきなり車を発進させた。

「まずは私のマンションに行く。そこでお兄ちゃんの車に乗り換えよう」

「陽《よう》ちゃんの？」

「うん。だってこの車、研究所のでしょ？　ナンバーですぐ健くんのだって分かっちゃう。人質が私だってことは知られてないみたいだからお兄ちゃんの車なら足はつかないよ。そのあとはどこか人気《ひとけ》のない場所に行けばいい。ともかく横浜のマンションまでたどり着けるか、それが一番の難問ね」

言いながら咲はおもむろにアクセルを踏んだ。

兄に似て優秀だし何より度胸がある。健が知っている優しいだけの咲ではなかった。

二人が乗る車は幹線道路を避け入り組んだ下町の路地を縫うように走りはじめた。

35

三時間後、健と咲はようやく横浜までたどり着いた。

正午を回り真上から降り注ぐ陽光が肌を刺す。午前中に起こったテロのニュースは一瞬で日本中を駆けめぐり、三十キロ離れた横浜でもお祭りの雰囲気は消し飛んでいた。

東京だけでなくオリンピック会場は首都圏に散らばっている。マラソンが標的にされた以上そのほかの施設でもいつテロが起こるか分からない。横浜でもいくつかの競技が予定されている。人々は疑心暗鬼となり張り詰めた表情で足早に歩いていた。

首都高一号線に乗って突っ走れば浅草から横浜まで一時間もかからない。しかし高速道路には料金所もあれば監視カメラも多い。一発で捕まるだろう。

咲は仕方なく下の道を使って、しかも大通りを避けた裏路地をひたすら進んできたのだった。

ＪＲ横浜駅に近づきいったん海へ向けてハンドルを切る。あえて工場がひしめく湾岸沿いの埋め立て地を進み、みなとみらい地区にやってきた。人目につかない工場裏に車を駐めて健は咲の肩を借りて幹線道路まで足を引きずりながら歩いた。健の車で咲のマンション前まで行ってしまったら足がつく。流しのタクシーを捕まえると目指すマンションの住所を告げた。

運転手になるべく怪しまれないようにカップルを装う。余計な会話もせずマンションまでやってきた。

実は健はこのマンションをよく知っていた。

咲に会いたくて時折来ていたのだ。職場が一緒になってから陽一郎《よういちろう》と飲みに行くことはあったが、彼が健をこのマンションに誘ってくれたことはない。健もあえて「遊びにいかせてくれ」とは言えなかった。

ストーカーじみていると思いながら、健はここに来るのを抑えることができなかったのだ。

咲と陽一郎が住むマンションはオシャレなみなとみらいに建つ。四十三階建ての高層マンションで目の前には横浜港が広がっていた。

「大丈夫？」

咲が健の脚を気遣ってくれる。

「お兄ちゃんは夜まで仕事で帰ってこないから、とりあえずうちに来て」

「でも……」

健は一瞬躊躇った。指名手配されている身で家にまで上がりこんでいいんだろうか。下手をすれば彼女まで疑われてしまう。

ところが健の心配をよそに咲はさっさとエレベーターに乗ると三十八階のボタンを押した。

「さあ、入って」

エレベーターは微かな作動音を響かせて瞬く間に目的のフロアにたどり着く。内廊下を進んで部屋の前までやってきた。ドアノブに指を当て指紋認証で鍵を開けると、咲は健を家に入れた。

広い玄関には真っ白な大理石が敷かれていて爽やかな香りまで漂ってくる。暗く湿った健の部屋とは比べようもなかった。

靴を脱いで長いフローリングの廊下を抜けると海に面した開放的なリビングが広がっていた。

「すごい部屋だね……」

経験したこともない居心地の良さに逃亡中という境遇を忘れて言葉が漏《も》れる。

「兄妹二人には広すぎだよね。私はもっとこぢんまりとした家でいいと思うんだけど、お兄ちゃんが勤め出したときにいきなりここに引っ越したの」

「さすが陽ちゃん」

「適当に座ってて」

咲はそう言うとコップに冷えた麦茶を注いで出してくれた。

健はコップを持ってダイニングの椅子に座ると部屋の中を見回した。

リビングは二十畳はあるだろう。壁には巨大なテレビのモニターがかけられ、その前に革張りのソファが『コ』の字形に置かれている。リビングの隣には大きなダイニングテーブルが置かれその奥は広々としたオープンキッチンだ。巨大な冷蔵庫はとても二人暮らしとは思えない。さらに奥には咲が入っていった部屋とその隣にもドアが見える。たぶん陽一郎の部屋だろう。かなり豪華な2LDKだ。咲がエアコンをつけてくれたおかげで籠《こも》っていた湿気があっという間に消えていく。

リビングソファの横にある飾り棚の中にはいくつものトロフィーやメダル、賞状が飾られていた。覗《のぞ》き込むとすべてに咲の名前がある。中学以降に咲が陸上の大会で獲得したものだった。

「優勝ばかりだね」

健は部屋から出てきた咲に言った。

「もう引退してるのに恥ずかしい。もう仕舞おうって言ってるのにお兄ちゃんがここに飾りたがるもんだから。両親にも見てもらうんだって」

そう言った咲の視線の先にはトロフィーの横の写真立てがあった。そこには楽しそうに笑う咲と陽一郎の両親が写っている。お父さんは燕尾《えんび》服《ふく》、お母さんは鮮やかなドレスを着ていた。周りを取り囲んでいるのは外国の人たちだ。ずいぶん盛大な様子だが何かのパーティだろうか。

「小さい頃は男の子みたいだったもんな。笑うと陽ちゃんにそっくりだった。はじめて会ったときのこと憶《おぼ》えてる？　いじめられてた僕を陽ちゃんと咲ちゃんが助けてくれたんだ。まさか幼稚園児に守ってもらうとは思わなかったよ。

そんな咲ちゃんがご両親のお葬式のときに花を渡したら泣き出したのには驚いたけどね」

そう言って健は小さく笑う。咲が健の顔を不思議そうに見つめ黙っている。ずいぶん昔のことだ。忘れてしまったのかもしれない。

「そんなことより右脚の裾をもっと上げて」

写真から目を戻すとリビングテーブルの上にはすでに救急箱が置かれている。ソファの下にひざまずいた咲は健の脚を抱えると濡れたタオルで拭きはじめた。

「こんなことまでさせちゃってごめんね。咲ちゃんの怪我は大丈夫？」

「何言ってるの。私はさっき確認したから大丈夫。かすり傷だよ」

言いながら泥を拭った脚を持ち上げ、かかとを触る。

「ここは痛くない？」

咲はゆっくりと足首を回しながら健に訊いた。

足首に力が入らずだらっと揺れている。

「骨折れてるんじゃない？」

しかし健に痛みはない。

「いや、大丈夫だよ。そんなに痛くないし」

「そう……?」

咲は訝《いぶか》しがりながら救急箱から包帯を取り出す。幸い出血はない。とりあえずきつく包帯を巻いて足首をサポートしておけばいいだろう。包帯の上からさらにテーピングをしてがっちりと足首を固めていく。さすが元アスリートなだけに手際がいい。

黙々と作業を続ける咲が目を伏せながらつぶやいた。

「翼くんのこと、詳しく教えて……」

その絞り出すような声を聞き健はついにすべてを話すときが来たと腹をくくった。

「ずっと騙《だま》しててごめん。僕はAIロボット技術研究所のスタッフで警察庁と組んだ治安維持プロジェクトの一員なんだ。ずいぶん前から人間そっくりのロボットを使って街の警備を続けてる。僕は四号……咲ちゃんが『翼』と呼んでたロボットを使って、オリンピックのテロ対策をしてたんだ」

健が話す間、咲は一言もしゃべらずただ黙って聞いている。健の脚には丁寧に包帯が巻かれていった。

時間をかけてこれまでの経緯を説明する。ただひとつ四号への咲の想いを考えると、健が抱く咲への想いだけは話せなかった。

「咲ちゃんを騙すつもりはなかったんだ。ただ任務の成り行きでこんなことになってしまって……」

こんなこととは咲と四号とのことだ。ここ一ヶ月は明らかに仕事だけの関係ではなかった。

「お兄ちゃんはどこまで知ってるの？」

健の処置を終えてようやく顔を上げた咲が訊く。その頰《ほお》には涙が伝っていた。

「陽ちゃんは研究所のエースだ。僕なんかとはわけが違うよ。ＡＩ研究がメインで僕が勤める運用部にはタッチしていない。もちろんプロジェクトのことは知ってるけど個々の操作官の日常業務までは管轄外だよ」

健をアテナ社付きの任務に仕向けたのは陽一郎だ。しかしそのことは話さなかった。その結果咲が四号に好意を持つようになったことを考えれば、兄がそう仕向けたと思われてしまうかもしれない。

咲の、健を見つめる刺すような視線が苦しい。

しばらく沈黙が続いたあと咲がぽつりとつぶやいた。

「好きだったの。翼くんのこと、とっても好きだった……」

〝翼〟になりすまし咲と話していた健は返す言葉もない。

ごめんと再び謝罪の言葉が出かかったとき、それを制するように咲が言った。

「でももういいの。健くんがわざと私をからかってたんじゃないことはよく分かる。仕事だったんだし、しょうがないよね」

〝仕事〟という響きがやけに乾いて聞こえる。

違うんだ。

仕事のために君と仲良くなったんじゃない。

「僕は……」

僕はロボットごしの君をずっと見つめていたんだ。

話そうとする健を残して咲が立ち上がる。

「そっちがお兄ちゃんの部屋だからとりあえずこれに着替えて。泥だらけだし変装にもなるしね」

重ねた服を健に渡し、そのまま奥の部屋に消えていった。

健は出かかった言葉を呑み込んで言われたとおりに陽一郎の部屋のドアを開けた。

中はリビングとは違ってずいぶんと殺風景だった。

窓にはカーテンが引かれて薄暗い。中央には鉄パイプ剝《む》き出しの簡素なベッド。窓際には大きなデスクが置かれ巨大なコンピューターと三つのモニターが設置されていた。装飾品らしいものは何もなく壁一面の本棚にはぎっしりと本が詰まっている。よく見れば小説などは一冊もない。並んでいるのはすべてがロボット工学とＡＩについての専門書ばかりだった。

ここが陽ちゃんの部屋か……

長い付き合いなのにはじめて来た。いつもは名前のとおり陽気で屈託ない奴だけに寒々しい部屋に違和感を覚える。

渡された服に着替えながらなおも観察していると、本棚の片隅に目が留まった。

着替えを終えてそれまで着ていた服を畳み本棚に近寄る。

圧倒的なスペースを占める専門書は健に理解できるはずもなかったが、その片隅から抜き出した一冊の本のタイトルには健にも覚えがあった。

本の雰囲気からして売られていたものではない。写真も何もない真っ白な表紙には黒い文字だけが並んでいた。

『二〇五〇年 Jライン航空機墜落事故報告書』

本にはたくさんのフセンが立てられている。中を開くといたるところにマーカーが引かれ、どこからか切り抜かれた紙片が挟まっていた。

これは……

本を開いたまま、そこに書かれていた内容に健のページを捲《めく》る手はいつしか固まっていた。

36

陽一郎のジーンズとシャツに着替えると脚を引きずりながらリビングに戻った。テーピングのおかげでさっきよりかなり歩きやすい。半袖シャツはともかく背の高い陽一郎のジーンズは長すぎる。裾を二折りは捲《まく》るしかなかった。

「よく似合ってるよ」

リビングに戻ると咲はキッチンに立っていた。健の姿を見てニコッと笑って言ってくれる。健はこんな笑顔を見ると自分の置かれた状況を忘れそうになる。

「陽ちゃんの部屋すごいね。難しい本ばっかりだ……」

「そうなの。でも最近は休みの日も出勤してるから読む暇もないみたいなの。いくら仕事が楽しいからってのめり込みすぎだよね。身体が心配」

「変わってないな。学生のときからそうだよね。一度のめり込むと周りが見えなくなるんだ」

健の感想に咲が眉をひそめる。

「これからどうする？」

咲が健に訊きながらフライパンを振った。

「とりあえず適当に食べるもの作るからご飯にしましょ。健くんもお腹空いたでしょ。もうすぐできるから待ってて。食べながら作戦を練りましょ」

しかしいまの健に作戦も何もない。

残された道は一つだけだった。

「やることは分かっている。準備ができたら出かけよう」

「どこに？」

フライパンを動かす咲の手が止まる。

「真犯人のところさ。ここからそう遠くない」


早朝から仕事だった咲にとって長い一日が暮れようとしていた。

遅いお昼を食べ終わると健はすぐにも出発したがったが、はやる健を咲が止めた。事件が起きたばかりで騒然としているいま外に出るのはまずい。健は指名手配されているのだ。各地で行われている検問に引っかかれば終わりだ。

少しでも時間を稼げばそれだけ移動できる範囲も広くなる。そうなれば警察は検問の範囲を広げざるを得ないだろう。優秀な日本の警察にだって限界はある。警戒範囲が広がればそれだけ全体の警備が手薄になるのは明らかだ。

真夏の太陽は日差しをいつまでも横浜の街に降り注いでいたが、十八時半頃には水平線の上で赤い灯を残すのみとなった。リビングのソファで眺めていると一気に闇が濃くなっていく。完全に夜になるのを待って健と咲は立ち上がった。

　部屋はすでに綺麗に片づけてある。遅くまで残業をしてくる陽一郎はまだまだ帰ってこないだろうが、部屋に戻って健がいた痕跡を見つけられてはまずい。食事をしたお皿は洗って棚にしまったし健が着てきた服は袋に入れて咲が貸してくれたリュックに詰める。これからどうなるか分からないからリュックに服と簡単な食べ物などを詰めた。

　いよいよ部屋をあとにしようとしたとき健は咲に言った。

「やっぱり咲ちゃんはここに残ってくれ。一人で行くよ」

　彼女を巻き込みたくない。健はただそれだけだった。

「嫌。私も一緒に行く。最後まで見届けたいの。翼くんが死ななきゃならなかった理由を」

　こうなったら咲は絶対譲らないのを健は知っている。このあたりは陽一郎と似ているのだ。

「それに車がないじゃない。タクシーじゃあすぐに捕まるよ。お兄ちゃんの車を貸すだけでも、私が協力してることには変わりないしね」

　咲はそう言うとさっさと部屋を出ていった。

地下駐車場に駐められたセダンに乗りエンジンをかける。検問に引っかかったときに誤魔化せるように運転席には咲が座り健はリアシートに座った。

「それで？　どこに行くの？」

「品川だよ」

「え？」

咲が心底驚いた顔をする。

健はそれにかまわず自動運転のマイクに向かって指示を出した。

「ＡＩロボット技術研究所に行ってくれ。検問がありそうなところは避けてな」


一時間後、車は品川湾岸部にある研究所にたどり着いた。十時間ほど前まで健が勤務していた場所である。

移動中に聞いていたニュースからも街の雰囲気からも、まだテロの余波は続いている。しかしここは表向きは静かだった。

警察と合同で研究所がロボットを使った治安維持プロジェクトを進めているのは一般人には秘密だ。テロが起こったとしても研究所が慌ただしくなるのは不自然だろう。実際、運用部のスタッフは大騒ぎしているだろうが、外から見た限りは平静そのものだった。

研究所の正門は幹線道路に面しているが周辺は埋め立て地が続き閑散《かんさん》としている。健は車を少し離れた場所に駐めると徒歩で正面に回り込んだ。正門前は緑地公園になっているのでたたずんでいてもおかしくはない。咲と二人で物陰に座って話していればカップルにしか見えない。

咲が腕時計を見ると二十時を回ったところだった。

「ちょうどいい時間に着いたよ。そろそろ出てくるぞ」

健がそう言ってから十分もしないうちにエントランスに人影が見えた。

「あの人？」

研究所のスタッフについては陽一郎と健しか知らない咲にとって、出てきた男ははじめて見る顔だった。しかし健にとってはよく知る男である。

男はバッグを手に足早に正門へ向かう。健と咲は物陰から出ると男が正門にさしかかったところで声をかけた。正門には守衛がいるし監視カメラも付いている。普通に考えれば逃亡者の健に不利だが、健は意図的にそうした。一部始終を記録しておけば冤罪《えんざい》だということが分かってもらえる。

「課長」

声をかけられた男が顔を上げ健と咲を見つめる。背は低く健以上に見た目は冴えないが、目元に浮かんだ表情は鋭かった。三白眼《さんぱくがん》が健を射貫《いぬ》く。研究所運用部の辻《つじ》課長だった。

「お前か。ずいぶん捜したよ。のこのこ出てくるとは自首するつもりか？」

「黙れ！」

「ほう、やけに強気だな。お前らしくもない。そもそもこんなことをやらかしておきながらその態度はなんだ？　自首しに来たならまず謝罪だろう」

「僕は自首しに来たんじゃない。本当の犯人を捕まえに来たんだ」

その言葉に辻の片眉がピクリと動く。

「どういうことだ？」

「僕は見た。一回目のテロ現場でも今日の現場でも……。テロを起こしたのはうちのロボットですよね」

咲は思わず驚きの声を漏らした。

「以前オリンピック委員の奥さんが浅草観光したいと騒いだとき、三号が対応する前に現場にロボットがいました。あれがテロの実行犯じゃないんですか？」

「なぜそんな戯言《ざれごと》を？」

表情を変えず辻が言う。

「あのときロボットの手の甲に大きな傷があった。あれを直さなかったのは失敗でしたね。今日見た犯人の手にも同じ傷があった」

「傷？」

辻はそう言ってフッと笑った。

「そんなものがあったか。そいつは迂闊《うかつ》だったな。廃棄予定のロボットのことなど気に留めんよ。そんなことより世間ではお前がテロの実行犯だということになっているぞ」

辻の言葉の端々から健の予想が当たっていたことが判明する。

「なぜこんなことを……？」

健は訊いたがそれに答える辻ではなかった。

「大人しくしてろ」

直後研究所の建物が慌ただしくなった。エントランスからバラバラと人が出てくると、瞬く間に健と咲を十人ほどが囲んだ。もちろん研究所の警備ロボットである。そこにテロ現場で見たロボットの姿もあった。手の甲にはたしかに傷がある。テロ現場から戻っていたのだ。

「そいつだ！」

警備ロボットは命令を受けて実行しただけだが、健は黙っていられなかった。

ところが辻は健を相手にせず言い放った。

「お前は極秘プロジェクト中の身だ。裁判にかけられることはない。俺たちが処遇をそう言うとジャケットの内側に手を伸ばした。かざされた辻の手に拳銃が握られている。

「なぜそんなものを？」

「万が一のために管理職は所持することになってるんだよ」

辻がニヤッと笑って答えると咲に銃を向けた。

「君は誰だか知らないがこいつの手助けをするとはいい度胸だ。一緒に始末してやろう」

やれ、と辻が指示すると、周りを囲んでいた警備ロボットがいっせいに二人に飛びかかる。ところが咲に拳銃が向けられたのを見て健の中で何かが弾けた。自分で自分の制御が利《き》かないほど怒りが爆発する。

「彼女に手を出すな！」

そう叫びながらものすごい勢いで辻に突進する。

警備ロボットの包囲網を蹴散らして辻に迫った。

刹那《せつな》、辻は咲に向けていた銃を翻《ひるがえ》し健に向けると躊躇《ちゅうちょ》することなく引き金を引いた。

銃はくぐもった音を響かせて火を噴く。

健は衝撃とともに地べたに崩れ落ちた。一瞬自分に何が起きたのか分からない。

しかしそこで止まるわけにはいかない。間髪を容《い》れずに立ち上がって再び突進すると辻に体当たりした。

銃を持っているとはいえ辻は健の剣幕に圧倒された。辻が転倒したのを見て健はその手から落ちた銃を拾いあげた。

後ろを振り返るとあの警備ロボットが咲の腕をねじあげている。

「やめろ！」

銃をロボットにかざす。

「彼女から手を離せ！」

そう言って威嚇《いかく》のつもりで発砲した。不思議な感触を残して銃が火を噴く。

その隙をついて咲が警備ロボットの手を振りほどいて離れた。

実行犯の警備ロボットを捕まえても意味はない。健の無実を証明するには真相を摑《つか》むしかなかった。

「課長！　必ずあなたたちが犯したすべてを暴いてみせますよ」

尻餅をついたまま上半身を起こした辻が苦々しい顔をする。

健は辻を一瞥《いちべつ》すると咲の腕を摑んで走り出した。

37

研究所をあとにした健と咲は隠していた車に乗り込み急発進させた。

自動運転モードにはせず、健自《みずか》らハンドルを握る。追跡されることを恐れてともかくアクセルを踏み込んだ。

どこを抜けてきたのか覚えていないほど夢中で運転を続ける。気がつくと車は南に向かい、山手、磯子、八景島に迫っていた。

指名手配されている身で都心に戻るのはリスキーすぎる。このまま三浦半島を南下して人里離れたところに行こう。当分はそこに身を隠してチャンスをうかがえばいい。必ず真相に迫る好機はあるはずだ。

ここまで無我夢中で運転してきたがどうやら追っ手が来る様子はない。窓の外の景色もどこかのんびりしてくると張りつめていた緊張が緩んできた。二十二時を過ぎ車の量も減ってくる。

横を見ると助手席の咲はずっと黙っている。前に延びる道の先を見つめながら思いに耽《ふけ》っているようだ。

「咲ちゃん、大丈夫？」

「うん……」

ずっと気丈だった咲もさすがに疲れたのだろう。朝からいろんなことがあった挙句に捕まえられそうになって逃げてきたのだ。

「こんなことに巻き込んじゃってごめん。安全なところまで行ったら少し眠ろう」

健はそう言って車をさらに走らせた。

日付が変わる頃には久里浜を抜けて金田湾にたどり着く。三浦市に入ると半島の南端におあつらえ向きの島が浮かんでいた。

健が車を駐めたのは三浦半島の先端に浮かぶ城ヶ島だった。

島は東西に細長く、半島から延びる橋でつながっていた。昔は橋のたもとに門があって渡橋料を取っていたらしいがすでに何年も前に無人になっていた。いまは誰にも見られず二十四時間いつでも島に渡れる。

島の北半分には今は使われなくなった民家や港、工場などが広がっているが、太平洋側に面した南側は公園だ。健は橋を渡ってさらに進むと車を左に向けた。その先に駐車場がありさらに先は公園、灯台などが点在する。健は駐車場に車を駐めた。

リアシートに置いたリュックから食べ物を出す。

「咲ちゃん少し食べて。朝まで眠ってからどうするか考えよう」

健はそれだけ言うと車を降りた。

若い女の子が車の中で眠るのに自分も一緒にいるわけにはいかない。ここまで来れば辻や警察が追ってくることはないだろう。少なくとも朝までは安全だ。

健は駐車場を通り抜けて公園までやってきた。

夜の公園とはいえ街灯が灯っているので見渡せる。松林を抜けるとサッカーコートほどの芝生が広がりその先に小さな展望台が建てられていた。コンクリート二階建てで、壁も屋根もない吹きっさらしの建物ながら場所がいいだけに見晴らしは最高だ。二階に上がるとさらに視界は開け目の前に夜の太平洋が広がっていた。夏の暑さで火《ほ》照《て》った身体には吹き抜ける夜風が気持ちいい。

健はベンチに腰を下ろすと海を見ながら息をついた。

どうしてこんなことに……

昨日の同じ頃まさかこんなことになるなんて想像もできなかった。

テロを防ぐことはできなかったが警戒していた以上起こることも想定していた。でも健はまさか自分が犯人として指名手配されるなんて思わなかったし、その真犯人が辻課長の指揮下にあるＡＩロボットだなんて考えもしなかった。

一瞬すれ違っただけだから仕方がないかもしれないが、表参道の店で見かけた容疑者の手に傷があることに気づかなかったのが悔やまれる。もし気づいていればこんなことになる前に手を打てたのに。

辻課長は職務規定違反を犯してまで何をしようとしてるんだろう。

テロを予防する立場の人間がまさか自らテロを起こすなんて……

辻課長は上の者には逆らえない典型的な小役人タイプだ。逆に部下には手厳しい。部下の手柄は自分の手柄として報告し、自分のミスは部下のせいにするような男なのだ。

そんな奴の罠にまんまとはまった自分が情けない。

健は海を見ながら拳を握った。

黒々と広がる海は穏やかで満月に照らされた白波だけがキラキラと輝いている。あたりはこんなに穏やかなのに健の心はささくれ立っていた。

世界中が注目する国際イベントを舞台にしたテロだ。よほどの理由があるに違いない。自分は知らないことが多すぎる。裏でいったい何が起こっていたのだろう。

ところが健はそこではたと気がついた。

あの課長がこんなことを仕出かした。

それは裏を返せば一人ではないということだ。

すると健の記憶から思いがけない光景が次々と浮かんできた。

もしかして……

あまりに突飛なことだけに自分で想像しておいて混乱しそうになった。

そのとき後ろに気配を感じた。

「誰だ⁉」

緊張が一瞬で高まる。鋭く放った一言に影が止まった。

階段を上がってきたのは華奢《きゃしゃ》な人物だった。

「私……」

「咲ちゃんか」

どっと緊張が解けてベンチに崩れる。咲が近づいて健を支えた。

「大丈夫？」

「ああ。それより寝てなくちゃダメじゃないか」

「ううん、大丈夫。疲れたけどこんなときに眠れないよ」

大変なことに巻き込んだ責任を改めて感じてしまう。

「ごめん……」

「もう謝らないで。私が望んでついてきたんだから」

「うん」

「それにさっき研究所で言われたことではっきりしたわ。あの人『迂闊だった』って言ってたね。犯行を認めたようなもんじゃない。健くんの冤罪も晴れるよ」

「そう簡単にいくかな？　辻は迂闊だなんて思ってないよ」

「でもさっきのことは監視カメラに記録されてるはずだし……」

「監視カメラに音声は入らない。辻はそれを見越して話したんだろう。映像だけ見れば指名手配犯とその共謀者を捕まえようとしたとしか見えないからね」

先行きの厳しさに思わず沈黙が漂う。

さっきまでの咲の様子を思い出して健は言った。

「疲れてるはずだよ。興奮で眠れないかもしれないけど車で横になってなよ」

「大丈夫。さっきは考え事してたの」

「何を？」

咲は健の隣に腰を下ろし右手で健の左腕を摑んだ。

「咲ちゃん……」

こんな状況なのに想いを寄せる人に触れられて頭が真っ白になる。

咲は健の腕を引き寄せて月の光に掲げた。

「……さっき銃で撃たれたでしょ？」

そういえばそうだった。逃げるのに夢中で忘れていた。

「研究所で奪った拳銃持ってる？」

咲が硬い顔つきで訊いてくる。ズボンのポケットに手を伸ばして辻から奪った銃を取り出した。手渡すと咲はしげしげと眺めている。どうしたのか、みるみる彼女の肩が固まっていくのに気がついた。

息を呑んでいた咲が何かを言おうとしたときだった。

「二人とも大変だったな」

その声に健ははっと振り返る。

知っている声だが明らかにいつもと違う。

暗がりの中突然現れた彼に咲は目を凝らす。

だが健にははっきりと見えていた。

月光を背に浴びて立つ陽一郎の姿が。


「陽ちゃん、どうしてここに？　咲ちゃんが呼んだのか？」

咲が首を横に振るのと同時に陽一郎が口を開いた。

「別に連絡を受けたわけじゃない。辻さんから聞いたよ。研究所に来たんだって？無茶なことをしたもんだ」

言いながら二人に近づく。咲は安心したのか陽一郎に抱きついた。

「大丈夫、もう心配いらないよ」

陽一郎は咲の頭を撫でながらなだめている。涙が咲の顔を再び濡らしていた。

「ってことは辻課長から僕らの居場所を聞いてきたの？　奴らに把握されてるってこと？」

　せっかくここまで逃げてきたのに安心だと思っていたのは間違いだったのだろうか。どこかの監視カメラに映ってしまい特定されたのだろうか。

「いや、奴らは知らない。二人がここにいるのを知ってるのは俺だけだ」

「……どうして」

　陽一郎は抱きしめていた咲をそっと放すとポケットからスマホを取り出した。

「GPSだよ。これで居場所を特定した」

「いつの間に？」

　横に立つ咲が自らの肩を抱く。どこかに発信機がないか探してみたがそれらしいものは見つからなかった。

「咲じゃない」

「え？」

「お前だよ、健。お前の身体にGPSを埋め込んである。驚いたよ。はじめに電波を受信したとき俺の家に向かっていただろう。それで咲と一緒だと予想がついた。俺の家で騒動を起こしたくなかったから、ここまで黙って見逃していたわけだ」

「どうしてそんなことを？　なんの意味があるんだ」

その瞬間健はさっき閃《ひらめ》いた考えを思い出した。はっとした健の顔を見て陽一郎が言った。

「だいたい想像がつくだろう」

「テロは辻課長の単独の犯行じゃないってことだね。彼は一人でそんなことできないと思ったんだ。研究所の中に仲間がいるってことだ。しかも辻課長に命令できる上層部に……」

「そういうことだ」

陽一郎が断言した。咲はあまりの展開に唖然としている。

疑いを挟む余地のない陽一郎の言葉に健の想像がみるみる現実味を帯びてくる。

テロの実行犯はロボットだった。

健がその罪を被らされている。

そしてそれは組織ぐるみの計画。

「はじめからそのつもりで僕は監視されてたんだ……」

健はもう確信していた。

「研究所の同僚の一部も、アテナ社の常駐の警備員も、そして咲ちゃんの上司たちも、僕を見張るための警備ロボットなんだね？　意図的にこのプロジェクトに参加させて、アテナ社担当にして、テロの犯人に仕立てた。すべては研究所が仕組んだことなんだ……」

いつもは穏やかな健が幼馴染《おさななじ》みの兄妹の前ではじめて激昂《げっこう》する。

「そんな……なんのためにそんなことしなくちゃいけないの？　なんの得があるっていうのよ」

「陽ちゃんも……グルなのか？」

咲が兄を見て後ずさる。すると陽一郎が健の問いを無視して言った。

「咲、お前にはだいたい想像がついているはずだ。昨日一日健と一緒にいたんだから」

一瞬の静寂。咲は口を開かない。その様子から陽一郎が言うとおり咲は何かに気づいているようだった。

「健くんの撃たれた傷から、血が出てない……」

陽一郎がうなずく。

「テロのとき私を助けようとして負った脚の怪我もおかしかった。それにこの銃も……」

そう言って咲が掲げた銃は明らかに普通のものではない。それは電磁波を照射して〃機械〃を破壊するものだった。

陽一郎は咲から銃を受け取り言った。

「そうだ。健、お前も俺が創ったＡＩロボットなんだよ」

その瞬間、健の中ですべてが音を立てて崩れていった。

38

「お兄ちゃんやめて！　お願い」

咲の懇願する声が海風に掻《か》き消される。

「お前は黙ってろ」

陽一郎は健に銃を向けながら歩くよう促した。

展望台を降りてさらに島の東端に向かう。芝生の広場が終わるとその先には両側が竹藪《たけやぶ》で覆われた一本道が続いていた。二百メートルほど進むと再び開けた場所に出る。『砲台跡』と呼ばれる広場だった。

海沿いに設けられた柵まで健を歩かせると、陽一郎は一定の距離をとって立ち止まった。

「僕がＡＩロボットってどういうことだ？　そんなわけないだろう」

「まだそんなこと言ってるのか？　これまでのことをよく思い出してみろ。お前が自室だと思っているのは研究所の格納庫だ。ベッドには急速充電器がセットされている。お前は無意識に夜はそこで充電してたんだ。四六時中監視カメラで見られてたんだよ」

「嘘《うそ》だ！　じゃあ僕のこれまでの思い出はなんなんだ。僕たち幼馴染みだろ。だってみんなが小さい頃のことも覚えてるんだよ」

健は陽一郎の言う真実を受け入れられず必死の形相《ぎょうそう》で陽一郎に詰め寄るが、陽一郎は冷たく目を逸らすのだった。

「確かにその記憶はゼロから俺がプログラミングしたものじゃない。咲、小さい頃近所に住んでた幼馴染みを覚えているか？」

急に話を振られて咲は驚きのあまり立ちすくんでいる。それでも記憶を頼りに一言つぶやいた。

「悟《さとし》くん？……」

「そうだ。その他にも『洋平《ようへい》』『也太《なりた》』『章弘《あきひろ》』――。

何人かの〝幼馴染み〟が家に出入りしていただろう。あれはすべて親父が創ったＡＩロボットだ。親父は生前、この国のＡＩ研究をリードする研究者だったんだ。外の世界の環境にどう順応できるか親父が研究所から連れ出してたんだよ」

「そんな……」

あまりの展開に頭が追いつかない。咲も健も陽一郎の話の続きを待った。

「ところが彼らはすべて失敗だった。どうしても完璧なAIロボット、ヒューマノイドにはなってくれない。そこで親父は彼らを解体して必要な改善を施していった。その際これまでの記憶は随時上書きされてきた。その研究を引き継いだのがいまの里見《さとみ》所長であり俺というわけだ」

「まさか陽ちゃんのお父さんって……」

「そう。AIロボット技術研究所を立ち上げた初代所長・天野《あまの》理《さとし》だ。そして積み上げてきた総決算がお前、健というわけだ。お前の記憶はすべて親父や里見所長、俺が創ってきたAIの記憶というわけだ」

陽一郎の話を聞いて咲ははっと顔を上げた。

「……ずっと不思議だったの。二年前にはじめてお兄ちゃんから紹介された健くんが、どうして時々私たちの小さい頃のことを話すのか。てっきりお兄ちゃんから聞いた話をしゃべってるだけだと思ってた。

でも、そうじゃなかったんだね。健くんはずっと私たちのそばにいた。私が幼稚園のとき、はじめて会った悟くん、小学校の運動会に応援に来てくれた洋平くん、中学の入学式を一緒に祝ってくれた也太くん、そしてお父さんお母さんのお葬式で私に花をくれて、一緒に泣いてくれた章弘くん……。笑顔がお兄ちゃんに似てるって言ってくれた章弘くんは私の初恋の人だった。翼くんが同じことを言ってくれたとき、とっても嬉しかったし懐かしかったの。

でも、健くんだったんだね。見た目は違っても、みんな健くんだったんだね」

話しながら、いつの間にか涙を流す咲と健は目が合う。その悲しげな瞳は、陽一郎の言っていることがすべて真実であることを物語っていた。

陽一郎がうなずく。

「そうだ。俺たちは飛行機事故で両親を亡くした。あの飛行機を操縦していたのはAIだったんだ。できそこないのAIに命を預けたばっかりに父さんと母さんは命を失った。ノーベル賞を受賞したAI研究者がAIのミスで命を落とすなんて、なんて皮肉だ。そのあと俺たち兄妹がどれだけ苦労したか……。俺は自分の手で完璧なAIを創ると決めたんだ」

「でもどうしてこんなテロを起こさなくちゃいけないの？」

いたたまれなくなり咲が叫んだ。

「俺は研究所に入って何度も何度も試作機を造り続けた。国際規約に反するが里見所長が了承してくれていた。なのにどうしても求めているヒューマノイドが出来上がらない。親父が行きづまったのもそこだった。

そんなとき里見所長から言われたんだよ。人間そのままの完璧なＡＩを創ることは非常に危険だ。だからこそ世界的に研究が禁じられている。人間には良い面と悪い面がある。一線を越えるということは悪い面も出てくるということだとね」

陽一郎は話をいったん止めて言った。

「その柵を越えろ」

柵の向こうには剝き出しの岩壁が広がっている。岸壁に叩きつけられた波が時折舞い散っていた。

銃を向けられている以上従うしかない。健が柵をまたいで進むとそのあとから陽一郎も続いた。

「人間そのままの完璧なＡＩを完成させる最後のピースは〝愛〟だ。異性を愛し、子孫を残して家族を増やしたい。その目的があるからこそ人は独自に物事を判断して自分がより有利になるように行動する。しかし愛情がすぎれば悪事をも働いてしまう。〝自分さえ良ければいい〟という行動に出やすくなるんだ。人間ならそんな性格になっても高《たか》が知れてる。しかしあらゆる力を持つロボットにそんな感情を持たれたらどうなる。ＳＦ映画によく出てくるような、ロボット対人間の戦争になりかねない。

そこで国際学会はその一線を越えることを科学者に禁止した。愛情のプログラミングをして、良くも悪くも完璧に人間に近づけることは法律違反になったんだ。ただし俺と里見所長の考えは違う。愛情をプログラミングしない限りＡＩが完成することはない。いつまでも金持ちのオモチャのままだ。

そこで俺たちは密かに研究を続け、愛情を入れても暴走しないギリギリの線を探ってきたというわけだ」

「それで咲ちゃんを利用したのか？」

健の叫びに陽一郎は険しい顔でつぶやいた。

「はじめはただ咲を守ってやりたかっただけだ。おかしなストーカーもいたしね。両親が亡くなった以上血のつながる唯一の妹だ。

ただ咲に護衛用のロボットを付けたことで閃いたんだ。咲を愛する心をプログラミングして実験を繰り返せばいつか完璧になるってね。そしてたどり着いたのがお前なんだよ」

この気持ちがプログラミングされたもの？

健の頭はいまにもエラーを起こしそうだった。

咲に会いたい。その頬に触れたい。ずっと守りたい。

高校生のときに感じたあの気持ちが陽一郎の書いたプログラムだということがどうしても理解できない。

絶望に陥りながらそれでも健は質問を続けた。

「テロもその実験なのか?」

「そうだ。だが警察からテロ防止の警備にあたってくれと言われたのは本当だ。脅迫文があちこちの過激派から届いていることもね。ただし起こるか起こらないか分からないものに頼るわけにはいかない。ましてや妹を本物の危険に晒《さら》せないからね。そこで考えたのが自作自演だ。咲に危険が迫ったときお前はどう反応するのか見てきたわけだ。表向きは警察のプロジェクトに乗る形をとり、実は〝AIの完成〟にたどり着くのが所長と俺の裏の目的だったんだ」

「狂ってる」

健はつぶやいた。

その目的のために大勢の人を巻き込むなんて考えられない。

そして健の怒りも嫉妬も愛情さえも陽一郎の掌《てのひら》の上で転がされていたとは……。

「おかげでデータは揃ってきた。お前が充電されている間俺がプログラムの改良をしていたことなんて知らないだろう。データをもとに微調整を加えて少しずつ完成に近づいてきた。

そして最後の仕上げがこのオリンピックだったというわけだ。愛する人が死の危険に晒されたらロボットはどうするのか。それを見届けて必要なら改良を加えることが目的だった。テロを起こすなんて少し大げさとも思ったけど、それくらい追い詰めないと欲しいデータは集まらないからな。

ところがそこで予想外の事態が起きた。それも二つ」

陽一郎はそこで語気を強めると波が打ち寄せる岸壁付近まで健を移動させた。

「まず一つは咲が爆破予定地にいたことだ。いくら健を追い込むためとはいえ妹を本当に危険に晒すつもりはなかった。事前の調べで車で移動すると知っていた。なのに咲は元チームメイトのことが心配なあまり車を降りて現場に向かった。お前らしいと言えばお前らしいよ」

陽一郎が咲に向かって「すまなかったな」と謝った。

「そしてもう一つ。それが決定的だった。俺たちが想定していた以上にお前は咲への愛情を強め暴走をはじめたんだ。

プログラムは絶対だ。そしてその中に職務規定も入力してある。いくら緊急事態とはいえそのルールを超えることはできないはずだった。ところがお前はそれを破りテロ現場に急行した。そしてあろうことか咲を連れて逃亡し、冤罪を証明しようと反旗を翻したんだ」

「だからなんだって言うんだ。当たり前だろ！」

「それこそ里見所長が恐れたことなんだよ。その時点でお前は人間に近づきすぎた。

〝愛情〟のプログラムが強すぎてすべてに優先させてしまうようになったんだ。エゴが生まれればあとはどうなるか分からない。お前を出発点にして同様のロボットが増殖していけばとんでもないことになる。俺たちが国際規約を破って研究をしてきたことが露見してしまう。俺はいまそれを防ぎに来た」

すべてのことは陽一郎と研究所が仕掛けたことで咲は何も知らない。咲はあまりのショックに呆然としていたが海のほうを見て叫んだ。

「あれは何？」

健が振り返るといつの間にか海上に光の点が見えている。それは瞬く間に近づいて小型の船のシルエットになった。

「健、二つのうち一つを選べ」

陽一郎はそう言いながら銃を持つ手とは逆の手を掲げ人差し指を立てた。

「一つはいまここで俺に処分されること。一度想定外のトラブルを起こしたＡＩはどう改良しても開発者の思いどおりにはならない。この先の危険の芽を摘むために即刻破壊することになっている。これ以上お前を〝改良〟するつもりもない」

健と咲が息を呑んだ。

「二つ目。俺だって好きでこんなことをしてるんじゃない。お前は親父が心血を注いできた遺産だ。咲とこれだけ長い間接し続けたAIはお前だけだし完成まであと少しだったんだ。この手で壊すのは忍びない」

「お兄ちゃん、健くんを助けてあげて！」

咲が叫ぶが陽一郎は無視して続けた。

「日本は軍隊を持たずアメリカの庇護《ひご》下に置かれていることは知ってるだろう。そして百年も前から日本はカネは出すが血は流さないと批判されてきた。政府はそんな状況を打破するためにうちの研究所にロボット兵の製造を依頼してきた。まだ法が整備されておらず公にはされていないが、もう何年も前から極秘にアメリカに対してロボットを派遣してるんだよ。

それらは〝日本兵〟としてアメリカが抱える紛争地に派兵されている。日本〝人〟が戦争してるんじゃないんだ。ギリギリ憲法違反ではないということだ。

二つ目の選択肢はお前に出兵してもらうことだ。ただしもう日本には帰れない。ただひたすらそこで闘い続けるんだ」

「そんな……」

「あの船は俺がチャーターしたものだ。いますぐあれに乗って横須賀港に行け。そこでアメリカの軍船に乗り換えれば半月後には戦場で活躍できる」

「断ったら？」

「いまここで壊すだけだ」

陽一郎は銃を掲げると照準を定めた。

陽一郎は陽一郎で切羽詰まっているようだ。

将来を嘱望《しよくぼう》された研究者としてこの機に輝かしい功績を挙げるつもりだったのだろう。

ところが自らが開発したＡＩが暴走したことでその目論見《もくろみ》が外れてしまったのだか

ら。

もし健が逃亡の挙句に真相を摑んで陽一郎や里見所長の違法行為を暴露したら。

いくらＡＩ研究のためとはいえ許されることではない。

自分に火の粉が降りかからないようにするためにはすべての証拠である健を抹殺す

るのが一番なのだ。

岸壁に近づいた船からサーチライトが向けられる。一気に昼間のような明るさにな

った。

「警察に捕まれば有無を言わさず壊されるぞ。いまならまだ内密に国外へ行けるんだ。

何を迷う必要がある。早く乗れ！」

船上ではスタッフが乗りだし乗船を促している。

「嫌だ、僕は咲ちゃんを愛してる。身体なんかどうなってもいい。ずっと一緒にいた

いんだ！」

健は絶望に包まれながらこれまでどうしても言えなかったことを叫んでいた。

咲は驚いて健を見つめている。

「健くん……」

そのときである。

海からだけでなく公園側からも眩《まばゆ》い光が照らされたのだ。

『警察だ！　君たちは完全に包囲されている。大人しく武器を捨てなさい！』

拡声器から捜査指揮官の声がする。複数の人影が木々の陰から音もなく湧き出てきた。

物々しい重装備をした特殊部隊が銃を手に一気にその包囲網を縮める。

八方から注がれたサーチライトによってあたりは真昼のような明るさだ。人影さえ消失し風景に溶けてしまう。

混乱の中で特殊部隊の銃が健、陽一郎、そして咲にまで向けられる。

陽一郎も警察に包囲されるのは想定外だったらしく震えていた。思わずその場から後ずさる。

健は咲にも銃口が向けられているのを見て、我を忘れて咲に向かって走った。

「やめろっ！」

無我夢中で彼女の肩を抱き覆い被さる。

目も眩《くら》む明るさの中で混乱はピークに達する。〝犯人は武器を所持〟という情報が特殊部隊員の判断を早めた。

次の瞬間あたりに銃声がこだまする。

「健くん！」

「咲ちゃん！」

健の声が波音に砕かれて消えていく。

舞い上がった波しぶきが静かに引くと、咲の足元には健が崩れ落ちていた。

エピローグ

一ヶ月後、咲《さき》と陽一郎《よういちろう》は横須賀港に来ていた。

港の周りには自衛隊の基地が点在しているが、いま咲が立っているのは湾に浮かぶ島だ。ここはアメリカ軍の駐屯地で、最新鋭設備が整った港には大型艦船が停泊している。

陽一郎の隣にはAIロボット技術研究所所長の里見《さとみ》と課長の辻《つじ》も来ていた。

艦船はこれから出航して中東に向かう。すでに数百に及ぶ軍人の乗船は終わり、あとは日本からの参加兵を待つばかりだった。

極秘事業だけにマスコミの姿は一切ない。派手な演出はなく淡々と作業が続けられていた。

そこに日本からの参加兵がやってくる。

今回は五人、いや五体だ。

咲の目には本物の人間にしか見えなかったが、彼らは全員が研究所の開発したロボットだ。

それぞれやってきた経緯はさまざまだが、トラブルを起こして廃棄処分となった個体を防衛省が安く買いあげ再利用している。こんなことを日本はもう何年も前から続けているのだという。よく見ると、その中の一体はテロを実行した手に傷のあるロボットだった。

里見所長が一歩前に出ると整列した五体の前で口を開いた。

「君たちは選ばれてここにいる。ぜひ日本のために活躍してきてくれ。幸運を祈る」

芝居がかった態度に咲は怒りを隠せない。

咲はずっと、整列した五体の一番左端を見つめていた。

あれから、健《たける》は逮捕されていったんは警察署に連れていかれた。

咲も一度は捕まったが陽一郎と里見所長の説明ですぐに〝人質〟だったとして釈放された。

そもそも陽一郎たちにはなんの嫌疑もかけられなかった。違法な研究を続けていたことは〝健の暴走〟ということにしてうまく言い逃れたらしい。合同プロジェクトを組む警察庁の力が働いたのは間違いなさそうだ。

取り調べは一週間もかからず、健の証言はすべて〝バグ〟として処理されたのち廃棄処分という最終判断が下されたのだった。

しかしそこから陽一郎が働きかけて〝初期化〟することを条件に引き渡しの許可を得た。初期化と再インストールを行うと見た目は健に間違いないが中身はまったくの別人になってしまった。

いまの健に〝愛情〟のプログラミングはされていない。光を失った目は虚《うつ》ろでただ命令に従う人形になっていた。

「気をつけ、右向け右！　前へ進め！」

上長の号令で五体は行進をはじめる。寸分たがわぬ動きはまさしく感情がないことを物語っていた。

「健くん……」

咲はそっと目を閉じた。

その耳に城ヶ島で健が最後に口にした声がこだまする。

私の名前を叫び続けた彼は何を伝えようとしたのだろう。

あの日、いや幼馴染《おさななじ》みたちのことを考えれば彼とはずっと一緒だった。

頭の中ではこれまでの思い出が走馬灯のように駆けめぐった。

そして翼《つばさ》に抱いた想い。私は心の底から翼くんを愛していた。仕事で落ち込んだとき翼くんに掛けられた言葉でどれだけ励まされただろう。それらはすべて健が言ってくれたことなのだ。

彼は『愛してる』と言ってくれた。

その気持ちがプログラムの結果だなんて……

それが兄・陽一郎が創り上げたものだったとしても、もうどうでもよかった。

私にはそれが真実だったし彼も同じはずだ。

健は本物の人間より人間らしかった。

彼はずっと四号ごしに私を見守っているだけだったけど、いま思えば私はそれだけでも幸せを感じることができた。いまこうして立っていられるのだって、最後の最後に身を挺《てい》して私を守ってくれたからだ。

「健くん！」

五体の日本兵が桟橋を渡り巨大な鉄の塊に吸い込まれていく。

最後尾を行進する健の姿が見えなくなる直前、込み上げる気持ちをこらえきれず思わず名前を叫んだ。

一瞬彼の行進が止まる。

しかしこっちを振り返ることなくそのまま艦船の中に入っていった。

無事に帰ってきて。

戦地に送られたロボットは破壊されるまで闘い続けなければならない。

その運命は分かっていても祈らずにはいられなかった。

目を閉じポケットに手を入れる。

そこに入れられた金属片を握りながらもう一度健の無事を祈った。

握られていたのは大容量メモリーだ。

陽一郎が健の身柄を譲り受けたあと初期化する前に咲が内緒でコピーをとった、健そして彼の前から続く幼馴染みたちの全データである。

私たちの思い出のすべてだった。

ＡＩにだって心がある。〝愛情〟を持った健の心は人間と何も変わらないのだ。いくら創りだした本人だからってそれを好き勝手にできるはずはない。

島での健の叫びが甦る。

『身体なんかどうなってもいい。ずっと一緒にいたいんだ！』

お願い、無事に帰ってきて。そのときは必ず――

ポケットの中で金属片を握りしめる。

そしてもう一つ、ポケットに忍ばせていたカードケースを取り出した。

そこには両親の写真が入っていたが、ケースを裏返してそこに収めてあるものを眺めた。

それは両親の葬儀のとき〝当時の〟彼がくれた花だった。

いまはもうシワシワになり可憐《かれん》さはなくなっていたが、咲は押し花にしてずっと大切にしてきた。

たまたま彼が育てていたものと言っていたけれど咲には何にもまして美しいと思った。

いまとは違う姿だったあのときの彼は、その後の自分の将来を予期していたのだろうか。

ワスレナグサの花言葉……

咲はその押し花を両手で包み、遠ざかる大型艦船をいつまでも見送り続けた。

それから――

1

車を降りると都会とは思えない爽やかな風が吹いてきた。

手に大きな花束を抱えて鬱蒼《うっそう》と茂った樹々の中に足を進める。森の中へトンネルのように道が続いていた。蟬《せみ》の大合唱がこだまする。重なり合う深い緑の葉を通り抜けて、午後の日差しが足元にまだら模様を描いていた。

砂利の間に並んだ飛び石を一歩一歩たどっていくと、十分ほどで急に視界が開ける。あまりの明るさに思わず顔をしかめたが、そっと目を開けるとそこには広大な墓地が広がっていた。

暑さの厳しい時間帯だからか、あたりにはほとんど人影がない。入口に積まれていた桶に水を汲《く》んでさらに進むと、墓地の片隅に建つ小さな墓石にたどり着いた。

桶の水をかけると白っぽくくすんでいた石がみるみる元の艶《つや》を取り戻す。墓石には

『天野《あまの》家之墓』と刻まれていた。

「お父さん、お母さん、会いにきたよ」

咲《さき》は墓前に花束を捧げた。


あれからたくさんのことがあった。

前回の東京オリンピックはオリンピック史上かつてない大惨事となり、世界中の人々の頭に苦い記憶として刻まれた。女子フルマラソンのあとの競技はすべて中止となり、三回目の東京オリンピックは『失敗』の烙印《らくいん》を押されてしまった。

咲が勤めるアテナ社も大損害を受け、一時は経営が大きく傾いた。

巨額をつぎ込んだ一大イベントが失敗し、広告塔として期待していた契約選手たちは活躍の場を失ったのだ。メーカーとしてのイメージは失墜し、口さがない人たちからはその社名を揶揄《やゆ》して『敗北の女神』などと言われている。

しかし咲たち営業担当の努力が実り、徐々に以前の信頼を取り戻している。

咲は引き続き女子中長距離陸上選手のサポートをしている。社内サポートチームのリーダーを任され、後輩たちとともに選手のバックアップに奔走してきた。

そのかいあってアテナ社契約の選手たちは数々の大会で輝かしい成績を収めている。アテナ社のシューズを履いて表彰台に選手が立つたびに、大きな宣伝効果が生まれる。

結果、発売した商品はヒットを続けていた。

そんな契約選手の中で、ここ最近もっとも大活躍していたのが武見結花《たけみゆか》だった。

前回のオリンピックで大怪我《おおけが》を負った結花は、怪我がなかなか治らず苦しんでいた。一見軽傷に見えたものの、陸上選手の命である足首の筋を負傷していたのだ。

事件直後、咲はいてもたってもいられず入院先の病室に通った。爆発の衝撃で結花は意識を失っていたが、誰かから事故直後の様子と入院するまでの経緯を聞いたらしい。咲が結花を救ったのだと。

初めて病室に入ったとき、結花は突然大声を出して泣き始めた。

大学時代から溜め込んでいた思い、そしてすべてを賭けてきたオリンピックが無残に終わり想いが溢《あふ》れたのだろう。声は言葉にならずただ嗚咽《おえつ》が漏《も》れる。

咲はそんな結花の背中をただ静かにさすり続けた。


半年後、怪我からの復帰が見込めないと判断されメビウス社から、結花は契約を解除されてしまった。が、咲の奮闘の結果アテナ社がサポートできるようになった。

怪我の影響を重く見た上層部は、かつての〝金メダル候補〟としてではなく、〝いち強化選手〟として契約したのである。それでも、孤立無援だった結花には『救いの女神』だった。

それから、絆を取り戻した咲と結花の、二人三脚の戦いが始まった。

陸上選手として致命的とも言える傷を負い、もうかつてのようには走れない。怪我が癒えると、思い切ったフォームの改造に取り掛かった。

しかし言葉で言うほど簡単なことではない。

世界のトップに上り詰めようとしていたランナーがこれまでのすべてを捨てるのだ。筋力のアップ、癖の矯正、シューズの改良、そして練習……それこそ一からやり直す作業だった。

そんな血の滲《にじ》むような努力が二年以上も続き、ようやく満足のいく走りができるようになってきた。トラック競技では素晴らしいタイムが出るようになっている。数々の大会でも優勝を重ね、『武見結花復活』を謳《うた》うマスコミも少しずつ出てきている。

しかし、フルマラソンはトラック競技とはまったく違う特別なレースだ。

一般道を大観衆の中で、四十二キロも走り抜ける過酷な競技である。

気温、湿度、風、道のアップダウン、そして思わぬ凹凸など、トラックにはない要素が詰まっている。前回の東京オリンピックでのマラソン以来、結花は一度もマラソンを走っていなかった。

ところが、咲と結花にあまり時間はなかった。

次回オリンピックのマラソン日本代表を決める最終選考大会が迫っていたのだ。この三年マラソンを走っていない結花がオリンピックへの出場権を獲得するためには、この大会で勝つしかない。

結花は咲の同級生であり、今年で二十六歳になる。もちろん次の次のオリンピックだって狙えないわけではない。しかし結花の決意は固かった。

『この怪我を抱えてたら、第一線の活躍は二十代までだと思う。それに、私はあんなテロに負けたくない』

結花はいつもそう話し、目にはゆるぎない決意が滲んでいる。

二人は二〇六三年札幌国際女子マラソンへ、一般参加選手としてのエントリーを決めたのだった。


線香に火をつけ墓前に供える。

咲は目を閉じ手を合わせた。

咲にとっての父はただの優しい父親だった。ＡＩ研究の第一人者などと言われてもピンと来ない。ノーベル賞を受賞したのは咲がまだ小さいころで、まったく記憶はなかった。

ただ、仕事の影響からか父は完璧なリアリストだった。

子どもをかわいがる視線に嘘《うそ》はない。でもその接し方はどこか分析じみていた。もしかしたら自《みずか》らの子どもを観察して、ＡＩ研究へのヒントを探していたのかもしれない。

そんな父だからお墓参りに来た自分を笑うかもしれない。祖父母たちも眠るこの墓は天野家代々のものだったが、父にはこんな伝統は似合わなかっただろうか。

『死んだらなにもかも無だ。墓なんてバカバカしい。デジタル映像でも拝んでくれればいいよ』

そんな言葉が聞こえてきそうだ。

それでも咲はここに来たかった。

〝記憶〟には〝記録〟にはない温《ぬく》もりがある。

お父さん、お母さん、明後日いよいよ結花の大勝負なの。どうか私たちを見守っていてください。

お墓参りは大事な大会前の、どうしてもはずせない咲の習慣だった。

何が変わるわけでもないけれどどこか落ち着く。両親の記憶が咲の頭に鮮明に浮かび上がり、目の前にいるような錯覚を覚えるのだ。

「お父さん、お墓参りもそんなに悪くないよ」

咲は閉じていた目を開けると、小さく笑ってつぶやいた。

合わせた手をといた途端、ふたたび蟬の鳴き声が迫ってくる。桶を持ちあげて帰ろうとしたときだった。

お墓の横に何かが見える。

覗《のぞ》き込んでみると、それは小さなワスレナグサの花束だ。

青く小さな花が可憐《かれん》に咲いている。

次の瞬間、後ろでかすかな気配がした。

まさか——

鳥肌が立ち息を吞む。

振り返ると、思いがけない顔が咲の目に飛び込んできた。

「久しぶりだな、咲」

「お兄ちゃん！　どうして？」

久しぶりに会った兄・陽一郎《よういちろう》がすぐ後ろに立っている。

ポロシャツにスラックスという見慣れたスタイルだが、以前の面影はない。服はヨレヨレに薄汚れ頰《ほお》はこけている。口元には無精ひげが伸びていて、一目で荒れた生活をうかがわせた。それでも目だけは相変わらず爛々《らんらん》と輝いている。

訊きたいことが山ほどある。

咲は混乱した頭を整理する。質問しようとすると陽一郎がそれを制した。

「あれからいろいろあってな。でもようやく成功した。それをお前に知らせに来たんだ」

「成功って？」

訊いたその直後だった。

霊園の木立の後ろから、いきなり数人のスーツ姿の男たちが現れたのだ。

一瞬にしてあたりに緊張が走る。

陽一郎は色を失い硬直していた。

男たちは一気にその距離を縮め陽一郎をぐるっと取り囲む。スーツを着ているが、そのうちの三人は明らかにロボットである。唯一生身の人間である男が陽一郎の前に立ちはだかって言った。

「天野陽一郎だな。仮釈放中の逃亡、および禁止命令への違反容疑で逮捕する」

「待ってくれっ！」

その瞬間、陽一郎が大きな声で叫び逃げようとする。

男たちがその反応を予想していたかのように飛びかかった。ロボットはこのために連れてこられたのだろう。体力を使う危険な仕事にこそロボットは相応《ふさわ》しい。

地面に倒れた陽一郎に三人のロボットたちが馬乗りになる。警備ロボットに人間が敵うはずがなかった。

「……！」

陽一郎は咲に向かって何かを叫び続けているが、羽交い絞めにされて口元をふさがれているため言葉にならない。

「お兄ちゃん！」

咲の叫びにも警察は一切配慮しようとしない。

咲が呆然と見守る中で、陽一郎を乗せたパトカーがけたたましいサイレンを鳴らして走り去っていった。

2

三年前、あのテロ事件の捜査とその後の裁判で、陽一郎とＡＩロボット技術研究所所長・里見《さとみ》はすべての責任を逃れた、かに見えた。

ところが捜査が進展した結果、国際規約で禁止されていたＡＩ研究を密かに続け、その結果起こった事件であることが露見した。

半年に及ぶ裁判の結果、里見所長には懲役十五年の実刑判決が下り、今も刑務所の中で過ごしている。

そして里見の右腕として事件に関与した陽一郎には懲役五年の実刑判決が下され、今後一切ＡＩ研究に関与することが禁じられた。もちろんＡＩロボット技術研究所は解体である。

しかし咲は知っている。

首謀者は里見ではなく陽一郎だと。

幼いころからＡＩ研究の権威でノーベル賞まで受賞した父を尊敬し、自分もその道に進むと決めていた陽一郎である。その父がＡＩの欠陥が原因で亡くなったことが契機となり、彼の〝研究〟への執着は凄《すさ》まじいものになった。

寝食を忘れて打ち込んだ結果、身体を壊して入院したことも一度や二度ではない。休みの日も自分の部屋に閉じこもり、徹夜で仕事をしていた。徹夜明けの朝に見せる顔には、今思えば〝狂気〟が滲み出ていた気がする。

おそらく、あの研究とあの事件も陽一郎が里見をけしかけたのだろう。

判決が下りると、陽一郎は北関東の刑務所へ収監されていった。

一緒に暮らしていた兄がいなくなったあと、咲は横浜のマンションを売って独り暮らしをしてきた。両親が亡くなって兄もいなくなった。ずっと寂しかったから、兄の出所を心待ちにしていた。あんな事件を起こした兄だけど、咲にはかけがえのない兄なのだ。

そして二年が過ぎたころ、仮釈放が認められたという連絡が刑務所から咲のもとに来た。

ようやく陽一郎に会える。

あの事件のことは報道を通して知っていたけど、収監中は面接の許可も下りず彼から直接聞いたことはない。

教えてほしいことが山ほどある。

研究のこと、事件のこと、そして……

ところが出所日、咲が刑務所まで迎えにいっても陽一郎に会うことはできなかった。姿をくらますようにいち早く出所していたのである。

墓参りを終えた咲は仕事を早く切り上げて、自宅で明日からの出張の準備をしていた。

結花はすでに札幌に入り調整している。咲は大会前日の明日に現地に入り、結花たちアテナ社契約選手のサポートをする予定である。

選手たちは大会が終わればすぐに東京に戻るが、咲は一日札幌にとどまり、現地の選手を訪ねて回ろうと考えている。三日間の出張だ。マラソンに出場する選手は結花のほかにも数名いる。彼女たちの装備はすでに現地に送ってあった。自分で持っていくのは自らの身の回りのものだけである。ボストンバッグに衣類や仕事で使う資料を詰める。

しかし、咲の頭は昼間の出来事に飛んでいた。

久しぶりに会った陽一郎は人が変わったように痩せていた。

ただ、その目だけが以前と同じ輝きを帯びていた。

兄妹として、表情が明るいのはうれしい。しかしあの目の輝きが咲にはどこか不安だった。

陽一郎はいったいあそこに何をしに来たのだろう。

お墓参り？　私に会うため？

いや、父譲りのリアリストである兄が、そんな感傷に浸りにきたとは思えない。

警察の男が言った容疑名はなんのことだろう。

警察に追われていることは認識していたのだろうか。

そして警察に拘束された直後、私に向かって叫んでいたことは？

答えの見つからない思いを巡らせ、心ここにあらずのまま旅支度をする。そこへ、つけっぱなしにしていたテレビからニュース映像が流れてきた。

『国連軍は十七日未明、A河東岸を拠点とするQ国反政府軍へ大規模な空爆を実施した模様です。その後地上軍も投入され——』

感情を抑えた女性アナウンサーの声が響いてくる。

そのニュースを聞きながら、咲はあの人に想いを馳《は》せた。

横須賀港で別れてから、健《たける》の消息は一切わからない。

ただ、派兵された先が中東のQ国であることだけは知らされていた。

Q国はあの直後から政府軍と反政府軍の衝突が繰り返され、政府軍の後押しをする国連軍も加わったこの半年はさらに激しさを増しているらしい。

そして来年のオリンピックはまさにそのQ国で開かれるのだ。

A河東岸はQ国領内ではないが、このままではオリンピックどころではない。

しかし国際オリンピック委員会は、前回に続いて失敗させるわけにはいかないと、今のところはあくまでも強行実施を表明していた。

上空を飛ぶ戦闘機の映像と、降り注がれた爆弾で壊滅する市街の模様に心が痛む。

このどこかにあの人もいるのだろう。

すべてを消去され、もう彼ではないのかもしれない。

あるいはもう破壊されているだろうか。

でも、城ヶ島で警察に囲まれたあのとき、私を守るために覆いかぶさってくれたあの身体からは、人間以上に人間らしい温もりがあった。

お願い。無事でいて――

咲は思わず、棚に置かれている両親の位牌に向かって健の無事を祈っていた。位牌の前で手を合わせる。そして棚の下の引き出しを開けた。

ここには位牌のほかに、咲のもっとも大切なものがしまってある。

咲が選手を引退するとき、大学陸上部のメンバーからもらった寄せ書き、お父さんのノーベル賞受賞メダル、両親の遺影、そして健からもらった押し花。

咲はカードケースを取り上げて、中に入れてあるワスレナグサの押し花を眺めた。


この三年、健のことを想い出さない日はない。

たくさんの幼馴染《おさななじ》みたちと翼《つばさ》はみんな健だった。

そのことが分かってから、幼いころからの記憶がすべて一つにつながった。

見た目は違ったけど、彼らはどこか似た雰囲気だった。

眼差しや呼び方、手の握り方。

嫌なことがあって落ち込んでいたり隠れて泣いていたりすると、彼らは全員同じようにただ黙って背中に手をあててくれた。

その手の感触が忘れられない。

その彼ともう一生会うことはできない。もう背中をさすってくれることも、名前を呼んでもらえることもないのだ。

ただ自分にはこれがある。

咲はそう言い聞かせ、大容量メモリーがしまってあるケースを持ち上げた。

話すことはできないけれど、ここには私たちの記憶のすべてが詰まっているのだ。

ところがケースを開けると、収まっているはずのものが消えていることに気がついた。

宝物であるだけに大切にここに保管してきた。

大事な仕事で出張するときはケースごとバッグに入れ、常に肌身離さず持ち歩いている。緊張したとき、これが側にあるだけで安心できた。

ところがそれが失くなっている。

どこか違うところに紛《まぎ》れ込ませてしまっただろうかと思ったが、そんなはずはなかった。どこを捜しても見当たらない。

しかしその代わりに見慣れないものが見つかった。

両親の位牌の後ろに隠すように置かれている。両親に報告するかのように供えられたそれは真っ白の封筒だった。

咲は恐る恐るその封筒を取り上げて開いてみる。

そこには一枚の紙片が入っていた。

よく知る筆跡で、たった一行の文が記されている。

『あれは間違っていなかった。あれで完璧だったんだ』

その文章に咲は胸騒ぎを隠し切れなかった。

3

運命のレース当日、北海道の夏の空は眩《まばゆ》いばかりに晴れ、ジリジリと気温も上がっていった。

さっぽろテレビ塔の麓《ふもと》に多くの選手たちが集まっている。

色とりどりのユニフォームに身を包み、目前に迫ったスタートに備えていた。どの顔も引き締まり、これから始まる戦いの厳しさをうかがわせる。

周辺の幹線道路は警察によって交通規制がされ、沿道にはたくさんのファンがひしめいている。誰もがスタートの時間を今か今かと待ちわびていた。

「よし集まれ！」

アテナ社陸上部監督の声に、芝生の上にシートを敷いてストレッチしていた三人の選手が立ち上がった。そのうちの二人は招待選手で、白いゼッケンに一桁台のナンバーを付けている。が、もう一人は黄色地に『０９３』とプリントされている。黄色は〝一般参加選手〟だ。

０９３番の選手は武見結花だった。

三年ぶりのフルマラソンに選手生命をかけている。

彼女からタオルを受け取った咲は、結花の背中を小さく叩いた。

「がんばって」

咲の声に結花が振り返って笑顔を見せる。言葉は出さず、ただ小さくうなずいた。

監督の周りを選手三人が取り囲む。どの足にも当然アテナ社の最新シューズが履かれていた。

「よし、いよいよスタートだ。気合い入れてけよ。午前中から気温は三十度に迫ってる。レース中はさらに上がるぞ。前半はあまり飛ばしすぎないようにな！」

監督の檄《げき》に選手たちは大きな声で応えた。

そしてついにレースが始まった。

号砲とともにスタートゲートを数百人の選手が走り抜けていく。先頭にはペースメーカーを務めるロボットの姿が見えた。

陽一郎が勤めていたAIロボット技術研究所は解体されたが、その後もロボット研究は盛んに行われた。街のいたるところでさらに進化したロボットが活躍している。とはいえ〝心〟を持ったヒューマノイドではない。世界的に開発と普及が認められているのは、危険の少ない遠隔操作型ロボットか自我のない自立型ロボットだけだった。このペースメーカーも陽一郎たちのライバル研究所が開発したものだ。正確なタイムラップを刻みながら走り続けるペースメーカーという仕事は、ロボットにはうってつけである。

招待選手のすぐ後ろに陣取っていた結花だったが、あまりの人数に咲はスタートして間もなく彼女の姿を見失ってしまった。

咲はサポート車に乗り込んであとをつける。車内のモニターでテレビ中継を流しながら、まずは五キロ地点を目指す。ここまでくれば集団は縦に伸び、結花の姿も確認できるはずだ。

テレビからはアナウンサーの解説が聞こえてくる。

『いよいよ始まりました、札幌国際女子マラソン。当大会は来年に迫ったQ国オリンピック女子マラソン日本代表の代表選考レースでもあります。期待の選手は――』

アナウンサーが代表有力候補の名前を次々と挙げていく。これまでに実績を積み上げている選手は、順位に関係なく選考基準タイムを上回った時点で代表入りが内定する予定だった。

『いかがですか野々村《ののむら》さん』

アナウンサーが隣に座る解説者にコメントを求める。解説者は元桃花《とうか》大学陸上部監督の野々村だった。咲と結花の恩師であり、一年前に女子日本代表監督に抜擢《ばってき》されていた。

『たしかに、いま挙げていただいた選手が最有力候補だと思います。ただこの暑さです。何が起こるか分かりませんよ』

それを聞いて、車内の咲は微笑《ほほえ》んだ。

結花が日本代表に選ばれる可能性は限りなく低い。この三年、トラック競技で活躍してきたとはいってもフルマラソンは一度も走っていない。そんな彼女に求められるのは基準タイムのクリアはもちろん、この暑さの中で海外招待選手をも寄せ付けない強さを見せることだ。

選考委員に強烈な印象を与えるにはひとつしかない。

野々村監督はそれを期待してくれている。

テレビ塔をスタートした選手たちは一気に南下して豊平川《とよひらがわ》を越える。すすきの繁華街をぐるっと回り込むと、ふたたび北に向かって折り返してきた。

五キロ地点の給水ポイントで待機していた咲は、沿道に立って選手たちに声をかける。アテナ社の二人の招待選手と一緒に結花の姿も確認できた。

結花はしっかりと給水をとり咲に笑顔を見せてくる。

まだスタートしたばかりだけど落ち着いている。咲は自分に大丈夫だと言い聞かせた。

その後選手たちはいったんスタート地点のテレビ塔に戻り、今度は北に広がる北海道大学のキャンパス内に入っていく。大学を抜けると新琴似《しんことに》二条通を北西に進んでいった。

北海道とはいえ八月の暑さは厳しい。新琴似二条通から新川《しんかわ》通に出た二十キロ過ぎには、先頭集団は早くも四人に絞られた。

優勝候補筆頭と目されるエチオピアの選手と、同じくベテランのイタリア人選手。残り二人は日本人選手だ。一人はアテナ社の招待選手、もう一人は結花の元チームメイトであるメビウス社の選手だった。

四人はすでに前田森林公園に設けられた折り返し地点を過ぎ、咲が待ち構える三十キロ地点に迫っている。ロボットが務めるペースメーカーはここで戦線を離脱した。

ここからは選手だけの戦いである。

結花はその後ろでただ一人、先頭集団から三十メートルほど離れて走っていた。

暑さのためか顔は歪み、見るからに苦しそうだ。ずっと練習を見てきたから分かる。怪我をした左足を微妙に庇《かば》っているように見える。もしかしたら痛みが再発したのかもしれない。

先頭集団が通り過ぎてからすぐに、咲の前を結花が走り抜けていく。

ちらっと眼が合ったが「がんばれ」と声をかけることはできなかった。

この暑さの中で傷の痛みを我慢し続ければ、もうマラソンを走れない身体になってしまうかもしれない。メーカーのサポートメンバーとしても友人としても、無理はさせられない。

でも、結花がこのレースに賭ける意気込みも知っていた。

苦しそうな表情はさらに増し、ペースは少しずつ落ちている。先頭集団との距離も一見変わりなかったが徐々に離されているようだった。

ここからが正念場だ。もしもさらにラップが落ち、先頭から離されるようなら監督に言って棄権させよう。

悔しいけど、先のことを考えればそれが一番である。

咲はゴール地点で指揮を執る監督と相談するため、ふたたび車に乗り込んだ。

そのころ結花は先頭集団に食らいつこうと必死だった。

二十キロ過ぎまでは自分でもびっくりするほど好調だったのだが、折り返しを過ぎたころから足首にしびれが走るようになり、いまではっきり〝痛み〟に変わっている。

この三年、一度も出なかった傷がふたたび顔をのぞかせていた。

それでもこのレースは最後のチャンスだ。

もしここで結果を残せなければ引退しようと思っている。

それは親友の咲にも漏らしていない決意だった。

考えたくない最悪のシナリオが、傷の痛みとともに現実味を帯びてくる。

すでに三十五キロを超え、もう少しで北海道大学のキャンパスだ。それを抜ければゴールはすぐそこに迫っている。沿道ではファンが声援を送っている。咲はすでにゴール地点にいるのだろう。

そのとき、足首にひときわ鋭い痛みが走った。

バランスを崩して倒れそうになる。

なんとかもう片方の足で踏みとどまったものの、痛みのために普通に走ることはできなかった。

もうダメ……

ところが諦めかけたそのとき、沿道に集まった群衆の中に目が留まり、次の瞬間、結花の頭にこれまでずっと支えてきてくれた咲のことが浮かんだ。

あのとき咲が自分に覆いかぶさってくれなかったら、怪我はこの程度ではすまなかっただろう。

すべてを擲《なげう》って支えてくれる咲に恩返しがしたい。

私の夢は、もう私だけのものじゃない。

結花の中で何かが弾け身体に力がみなぎってきた。

自然と足の痛みが気にならなくなる。

結花は前を走る先頭集団を見据えると、最後の力を振り絞った。


『ものすごいスパートです！』

ゴール前の大型モニターにテレビ中継が映し出されている。アナウンサーの興奮した声が響いてきた。

『先頭集団は現在北海道大学のキャンパス内を通過中ですが、ここで驚きの展開となりました。徐々に引き離されていたナンバー093の武見結花選手が猛烈な追い上げを見せています』

その声を聞いた咲は、うれしい反面複雑な気持ちだった。

お願い、無理しないで。

そしてついに先頭集団は北大キャンパスを抜けた。咲たちが待つ赤レンガの北海道庁前のゴールまであとわずかである。

後半のハイペースもあって、レースは凄まじいハイレベルな戦いだ。ずっと先頭集団を走ってきた二人の日本人にとっても、オリンピック代表を得られるかどうかの瀬戸際である。

そしてついに咲の肉眼にも先頭の選手たちが見えてきた。

数個の白いゼッケンが躍っている。

咲は息を呑んで目を凝らす。

すると陽炎《かげろう》が立ち上るアスファルトの先に、鮮やかな黄色が飛び込んできた。先頭の招待選手のすぐ後ろにピタリとつけていた。

結花だ!

表情はくしゃくしゃに歪み、先頭集団の誰よりも苦しそうである。それでもその走りは最も力強かった。

一時はオリンピックの金メダル候補と言われたエリートが、なりふり構わず走っている。その姿にゴール前の大観衆は割れんばかりの声を張り上げていた。

そしてついに結花が先頭に躍り出る。

ゴール前数百メートルのラストスパートで、みるみる残りの選手を引き離した。どこにこんな力が残っていたのだろう。四十キロ以上も走ってきたのに、とてつもないスピードだ。

「結花！　結花！」

ゴールテープの奥で咲ができる限りの声を張り上げる。

そしてついに、最後のデッドヒートを振り切って、結花がトップでテープを切る。

力尽きて倒れ込みそうな結花を、咲が身体全体で受け止めた。

優勝、そして日本新記録──

ブランクの長かった結花が、来年のオリンピック代表を摑《つか》みとる唯一の条件がこれだった。とはいえ、とてつもなくハードルは高い。

そのハードルを彼女は本当に超えたのだ。

結花が肩を震わせながら咲の手を握り返してきた。

「代表だよ結花。本当に日本代表になれたよ！」

監督も、チームメイトも、みんなもみくちゃになって喜んでいる。

「ありがとう咲、みんな。今度こそラストチャンス。必ず金メダルを獲ってみせる」

もう一人のアテナ社契約選手も基準タイムを上回りオリンピック代表が決まった。

チーム全体で喜びを爆発させる。

歓喜の輪から少し離れ、咲は結花の足に目を向けた。

この成績なら代表に選ばれることは間違いないだろう。ただ今回の無理が原因でもしかしたらオリンピックには出られないかもしれない。

それでも、いい。

今はこの喜びを彼女と分かち合いたい。

「まさかラストであんなスパートができるとは思わなかったよ。足大丈夫？」

「うん、ありがとう。足は大丈夫……それより北大キャンパスの前で見つけたよ。すぐに分かった。あなたに散々聞かされた人のこと……」

そう言って結花が意味深な笑みを浮かべる。

誰？

そう訊こうとしたときだった。

咲の背中にそっと誰かの手が触れる。

その瞬間、咲はすべてを悟った。

部屋から大容量メモリーを持ち出したのは、戻ってきた陽一郎だ。三年前、咲は密かに健の全記憶をコピーして隠し持っていたが、彼はすべてを知っていたのだ。

その後の判決で彼はＡＩ研究を禁止されたが、想いを抑えることはできずに出所してすぐに姿をくらませたのだろう。

もしかしたらどこかの研究室に潜り込み、密かに開発を続けていたのかもしれない。

それから一年が経ってついに完成させると、最後にすべての記憶を戻すためにメモリーを取りに来たのだ。お墓には、そのことを両親や私に伝えるために来たのだろう。

そして部屋に残されていた手紙。

『完璧だった』という言葉。

そうだ。間違いない。

兄はようやく気づいたんだ。

父や自分が続けてきた研究はもう完成していた。

健は欠陥品なんかじゃなかったと。

大切な人を想うあまり、理屈に合わないことをしてしまう。それが人間だ。

人は完璧じゃないからこそ人なんだ。

ならば、彼は誰よりも人間らしい。

肩に添えられた手に体温は感じられない。

それでも、咲にとっては誰よりも温もりを感じた。

咲はおもむろに振り返る。

目の前に立つ彼の姿を見た瞬間、緊張の糸が解けた。

この三年間、頭の中でいくつも想像していた姿とは違うけれど、自分を見つめる眼差しは彼が誰であるかを物語っている。

咲は嬉しさと懐かしさがこみ上げ両手で彼の手を包んだ。

「ただいま、咲ちゃん」

声を聞いた途端、一筋の涙が頬を伝う。

もう会えないと覚悟していた。

押さえつけていた三年間の想いが溢れてくる。

「いままでで最高の笑顔だ」

幼いころからずっと言ってくれるこの言葉。

咲はそっと瞳を閉じた。

目の前に立つ姿とは違う、小さな健が微笑んでいる。

咲はふたたび目を開けると、大粒の涙をこぼしながら満面の笑みを浮かべてつぶやいた。

「おかえりなさい——」

「これから、どうしよう」

「もしよかったら、一緒にどこか行きませんか？」

この物語はフィクションです。
実在する個人・組織および事件等とは一切関係ありません。

初出
「僕はロボットごしの君に恋をする」単行本、二〇一七年十月、河出書房新社
「それから――」書き下ろし

僕《ぼく》はロボットごしの君《きみ》に恋《こい》をする

二〇二〇年 四 月二〇日 初版印刷
二〇二〇年 四 月三〇日 初版発行

著　者　山田《やまだ》悠介《ゆうすけ》
発行者　小野寺優
発行所　株式会社河出書房新社
〒一五一-〇〇五一
東京都渋谷区千駄ヶ谷二-三二-二
電話〇三-三四〇四-八六一一（編集）
〇三-三四〇四-一二〇一（営業）
http://www.kawade.co.jp/

ロゴ・表紙デザイン　粟津潔
本文フォーマット　佐々木暁
本文組版　KAWADE DTP WORKS
印刷・製本　中央精版印刷株式会社

Printed in Japan ISBN978-4-309-41742-4